庶民派令嬢ですが、公爵様にご指名されました

アーネスト
・カルヴァード
嫌われ者の公爵家・当主
ワケアリのため、男爵家に召
喚状を送るが…
ロゼッタ
・レイン
しっかり者の男爵令嬢
頑張り屋だけれど、素直にな
れない一面も
登場人物紹介
Character introduction

グラエム
・カルヴァード
アーネストの叔父
さみしがり屋のたぬき
フェイ
温和風な腹黒執事
アーネストの幼馴染
ティナ
面倒くさがりの侍女
アーネストの幼馴染

庶民派令嬢ですが、
公爵様にご指名されました

Contents

プロローグ

とある王国の辺境の端の端にある、山に囲まれた小さな領地。端的に言うとド田舎のそこは、地味で目立たず王国貴族の八割に名前すら覚えてもらえていないレイン男爵家が治めていた。

特産は派手さのない木材と染め物だけ。領民はのんびりとした気風で、犯罪は少なく平和そのもの。レイン男爵家も当主夫妻と年頃の二人娘が、貧乏ながら慎ましく生活していた。

しかし、そんなありふれているが尊い日々は、とある一通の手紙によってぶち壊される。


「な、なななんですってぇぇぇぇ⁉」


レイン男爵家次女のロゼッタは、驚愕《きょうがく》の叫びを屋敷中に響かせた。

ロゼッタはふんわりとしたチェリーレッドの髪を持つ、十七歳の笑顔が可愛らしい少女だ。だが今は髪を振り乱し、怒りでギリギリと歯を噛みしめながら、食い入るように派手な装飾の施された手紙を見ていた。

「……許せないわ、カルヴァード公爵め。一発ぶん殴っても気が済まない！」

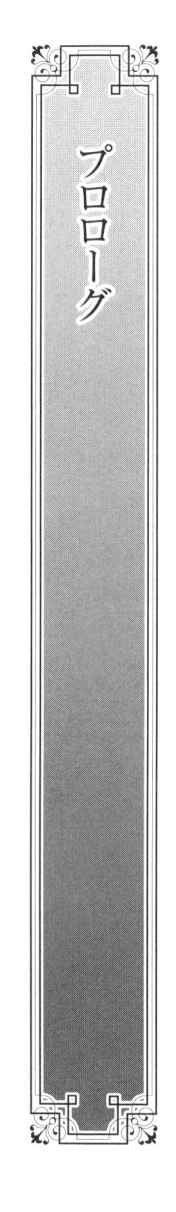

「まあ、ロゼッタ。いかに品性下劣で、王殺しを狙っている野心家と評判の公爵からの手紙だからと言って、ぶん殴るとかは言っては駄目だわ。腐っても筆頭貴族様なんですから」

長女のアリシアは、穏やかな口調と表情で言った。

アリシアはしなやかなハニーブロンドを持った淑女で、儚《はかな》く妖精のように美しい容姿をしている。数年前までは竪琴《たてごと》の名手として、社交界でもそこそこ知られていたので、それがきっかけで目を付けられたに違いない。

「どうして落ち着いていられるのです。この手紙には……病弱なお姉様を今すぐ侍女として寄越せと書いてあるのですよ！」

レイン領では見かけることのない豪奢《ごうしゃ》な馬車が突然現れたかと思えば、若い執事によってこの失礼極まりない手紙が届けられたのだ。

送り主は末端貴族のロゼッタでも知っている、カルヴァード公爵だった。彼の権力は王家に並び立つほどに強大で、裏社会を牛耳《ぎゅうじ》っていると聞く。王太子の側近として働きながらも、虎視眈々《こしたんたん》と王座を狙っているとの噂だ。

また女癖も悪く、数多《あまた》の女性を弄び、飽きたら容赦なく捨てる鬼畜。領民からは多額の税を徴収し、屋敷で働いている使用人たちが少しでも気に入らないことをすれば殺してしまうのだという。

そのため、カルヴァード公爵家は今、使用人不足で悩んでいるのだとか。自業自得だ。

「確かに酷い内容よねぇ。……身一つで我が屋敷に来られよ。決して悪いようにはしない。任せるのは屋敷を管理する仕事だ。これは純然たる契約である。契約を果たすことができれば、身の安全は保証しよう。明日、迎えを遣わす。良き返事を期待する……どう聞いても脅しねぇ」

アリシアは憂い顔で小さく溜息《いき》を吐《つ》く。ロゼッタはますますカルヴァード公爵へ怒りを募らせた。

「お姉様は病弱で、侍女の仕事なんて不可能です。死んでしまいます！　弱小貴族だから、侍女にして弄んでもいいと思っているのかしら。最低だわ！」

貧乏な男爵家や子爵家の令嬢が、行儀見習いとして公爵家の侍女になることは珍しいことではない。だがアリシアは昔から身体が弱く、数年前から厄介な病に悩まされてきた。

軽い風邪のような症状が長く続く病で、人にうつる心配はないが特効薬がべらぼうに高い。しかも数ヶ月間毎日飲み続けなくてはならないのだ。レイン男爵家の財政ではとても買える代物ではないが、幸いなことに五年ほど静養すればほぼ完治すると言われている。

そんな状況なのに、カルヴァード公爵はアリシアを侍女に寄越せと言っているのだ。

「……お父様とお母様はどうしているのです？」

「ほら、ロゼッタ。お父様なら、部屋の隅で死んでいるわ」

アリシアの指差す場所を見れば、父が真っ青な顔で白目を剥《む》き気絶している。母は静々と涙を流しながら、父の亡骸《なきがら》？　を抱きしめていた。

ロゼッタはズカズカと父に近づくと胸倉を掴《つか》み、容赦なく両頬を叩く。

「何を呆《ほう》けているのですか、お父様。さあ、レイン男爵の責務を果たしてくださいませ！」

父はビクッと一度痙攣《けいれん》して、勢いよくカッと目を見開いた。

「か、可愛いアリシアは渡しませんぞ、執事殿！」

「……手紙を受け取った時に言わなくて良かったのか、いっそ言った方が良かったのか……」

ロゼッタは小さく呟くと、父を立ち上がらせた。

「お父様、カルヴァード公爵からの招集命令をいかがするおつもりですか？」

「ロ、ロゼッタ……いきなり核心を突くのはやめてくれ。残念ながら父様の心は繊細《せんさい》なガラスでできているんだ。悲しくて死んじゃう」

「死にません」

ロゼッタが睨《にら》むと、父は肩を縮こまらせた。

「良いですか、お父様。権力も財力も名声もない、弱小貴族の中の弱小貴族であるレイン男爵家の危機なのです！　悠長《ゆうちょう》に寝ている暇などありません。早急に対策をとらねば。我が家は、カルヴァード公爵の気まぐれに指先でプチッといつ潰されるか分からない状況なのですよ。お家断絶されたくなかったら、シャキッとしてください！」

「……そこまで言うのかい、ロゼッタ……」

「言います。事実ですから」

ロゼッタがそう言うと、アリシアは頬に手を当てて困った顔をする。

「あらあら、ロゼッタ。大丈夫よ。わたくしがカルヴァード公爵の侍女になれば解決する話だもの」

「お姉様をカルヴァード公爵家へ行かせるなんて論外です！」

「そうね。アリシアは身体が弱いのだから、侍女なんて無理よ。断りましょう？」

ロゼッタと母がアリシアを止めようとするが、彼女は儚げに微笑み首を横に振った。

「刺し違える覚悟を持って行くから大丈夫ですわ。弱小貴族の中の弱小貴族、レイン男爵家の意地を見せつけてやるの。ウサギだって、狼の喉笛を咬《か》み千切れ――ゴフォッゴフォッ」

アリシアは突然咳き込むと、バランスを崩して倒れそうになる。ロゼッタは慌《あわ》ててそれを受け止めた。

「皆を安心させるために、強気なことを言うなんて……優しすぎます、お姉様」

ロゼッタはアリシアを抱きしめると、決意に満ちた瞳で父を見上げる。

「……わたしが、お姉様の代わりにカルヴァード公爵家へ行きます」

「そんな……それではロゼッタが殺されてしまうかもしれないわ！」

母は涙混じりに叫んだ。ロゼッタは安心させるように、気丈《きじょう》な笑みを見せる。

「大丈夫です、お母様。弱小とはいえ、わたしは貴族の娘です。そう悪い待遇にはしないと思います。病弱なお姉様よりは、不興を買うことも少ないでしょう。それに、公爵家からの命令に男爵家如《ごと》きが逆らうことはできません」

本当はとても怖い。恐ろしい噂の絶えないカルヴァード公爵の元でやっていける自信などなかった。

しかし、ロゼッタはこれでも貴族の娘だ。家を、領民を、家族を守るためならば、自分のできる精一杯のことをしたいと思う。

「……ロゼッタに任せよう。私たちの娘とは思えないほどのしっかり者だ。カルヴァード公爵にだって負けないさ」

「……そうね。ロゼッタは手のかからない良い子だったものね」

沈痛な面持ちで両親は言った。

ふたりも分かっているのだ。カルヴァード公爵からレイン男爵家を守るには、娘の内どちらかを犠牲にしなくてはならないことを……。

「ごめんね、ロゼッタ。わたくしが不甲斐《ふがい》ないばかりに……」

アリシアは朦朧《もうろう》とする意識の中で、涙を零《こぼ》す。ロゼッタは強く彼女の手を取ると、自分を鼓舞《こぶ》するように宣言する。

「いいえ、お姉様。これは誇るべき任務です。レイン男爵家はわたしが守ります……！」

翌日、ロゼッタはカルヴァード公爵家の上等な馬車に、貴族令嬢とは思えない着古されたドレスで乗り込むのだった。

第一話　最低最悪と噂の公爵様

ロゼッタが馬車に揺られてから、一週間が経った。

途中、馬車が脱輪することも、馬が疲れて言うことを聞かなくなることもない。泊まった宿も、無駄に広く清潔で内装も凝《こ》った部屋ばかりで、貧乏貴族のロゼッタは心底驚いた。

快適な旅と言えるかもしれないが、馬車の中では窓のカーテンを決して開けないようにと、御者《ぎょしゃ》を務めていたカルヴァード公爵家の執事にキツく厳命されていたことに、不安が募る。

（……まるで隠されるように運ばれる高貴な囚人みたいだわ）

ロゼッタは馬車の中で冷や汗をかく。

道は舗装されているのか、馬車はほとんど揺れない。それは馬車が確実にカルヴァード公爵家へと近づいている証拠でもあった。

「……落ち着くのよ、ロゼッタ。大丈夫。カルヴァード公爵家だって、わたしみたいな健康だけが取り柄のような貧乏貴族令嬢をいたぶるのに、すぐ飽きるはずだわ。だから家に帰れるはずよ……」

ロゼッタは人前だと気丈に振る舞えるのだが、その反動でひとりの時はどうしようもなく不安になってしまうことがある。

恐怖を振り払うように両頬を軽く叩く。それと同時に馬車が静かに停まった。

「到着しました、レイン男爵令嬢」

淡々とした口調で執事は言うと、ゆっくりと馬車の扉が開かれる。

執事の手を取り馬車を降りると、ロゼッタは目の前の光景に唖然《あぜん》とした。

(……ここがカルヴァード公爵家？　王宮じゃないの？)

目の前には、美しい藍色の城があった。庭園の草木は芸術的に整えられ、幾何学模様に並んでいる。見たこともない鮮やかな花々が咲き誇り、庭園の中央には薔薇のアーチが架けられていた。女神の彫像が飾られた噴水は、心地よい水音を奏でている。そしてそれらを抱え込むように、ぐるりと高い白亜《はくあ》の城壁が取り囲んでいた。

……田舎者のロゼッタが王宮だと勘違いしてしまうほどに、カルヴァード公爵家は桁違いの財力と洗練された美意識を持っている。

(美しいわ。でも、この素晴らしい光景が、領民から過剰に搾取《さくしゅ》した税金で維持されていると思うと悲しいわね)

ロゼッタは、執事に気づかれないように小さく溜息を吐いた。

「では、レイン男爵令嬢。こちらへどうぞ。旦那様がお待ちです」

「……ええ」

背筋を伸ばし、ロゼッタは執事の後ろをついていく。

途中、軋《きし》まない床だったり、ヒールが深く沈むほど分厚い絨毯《じゅうたん》や煌《きら》びやかな絵画と調度品に驚きながらも、それを顔に出さないように懸命に表情筋を酷使する。

そして、二階の一番奥にある部屋に案内された。重厚な扉が開くと、そこには恐ろしいと噂の公爵の姿があった。

「長旅、ご苦労だった。ここに来たということは、契約をするということで間違いないな。私はアーネスト・カルヴァード。以後、よろしく頼む」

どんな悪鬼羅刹《あっきらせつ》が飛び出てくるのかと思えば、意外にもカルヴァード公爵――アーネストは普通だった。……いや、厳密に言うと普通ではないのだが。

（み、見た目だけは素敵な紳士……いえ、騙されてはいけないわ！　なんだか目が鋭いし！）

アーネストの歳は確か二十四歳のはずだ。彼は鬼のように逞《たくま》しい体つきなどではなく、スラリとした長身の青年だった。艶やかな濡れ羽色の髪は短く整えられ、顔立ちは人形のように精巧だ。その中で異彩を放つのが、怜悧《れいり》な印象を抱かせる真紅の瞳。ガーネットのように美しく、危うい魅力を持っている。

アーネストは偉そうに――実際、偉いのだが――椅子に悠然と座り寛《くつろ》いでいる。

（……第一印象が大事だわ。しっかりしないと！）

ロゼッタは令嬢らしい嫋《たお》やかな笑みを浮かべると、旅の中でこっそり練習した淑女の礼を取る。

「お初にお目にかかります、カルヴァード公爵閣下。わたしはレイン男爵家が次女ロゼッタでございます」

決まった！　とばかりにロゼッタは心の中で歓声を上げる。

「……ロゼッタ？　私が呼んだのは長女のアリシアだったはずだが……どういうことだ、フェイ」

地に響くような恐ろしい声音でアーネストは執事に問いかけた。

フェイというのは、執事の名前のようだ。

「うっかりでしたね。申し訳ありません。まさか、レイン男爵家が旦那様の要求を違《たが》えるとは思いませんでして、確認を怠《おこた》りました」

執事――フェイの言い方では、レイン男爵家がわざとカルヴァード公爵家の要求をはね除《の》けたようではないか。

まあ、確かにアーネストが怖くてなかなか自分がアリシアではないと言い出せなかったのも悪いが……。

「ま、待ってください。姉のアリシアではなく、わたしが来たのには理由がありまして……」

ロゼッタが慌てて釈明しようとすると、アーネストは眉をつり上げた。

「理由？　あの手紙の文面を読まなかったのか？　私が必要としているのは、嘘を吐かず契約を守り、相互利益を得るパートナーだ。君はフェイに事情を説明せず、姉を押しのけてここに来た。いったい、なんのつもりだ？」

「姉は病弱なのです！　それでは、カルヴァード公爵閣下のいう契約を果たせる訳がありません。だから、わたしが代わりに来たのです！」

「なおさら、私は君を信じられない。私が所望したのは、病弱なアリシアであって君のような傲慢《ごうまん》で欲深な人間ではない。所詮《しょせん》、レイン男爵家も下賤《げせん》な貴族共と一緒ということか」

「……そんな……」

アリシアが病弱だったからカルヴァード公爵家に呼びつけたというのか。彼女を苦しめ、殺すことを楽しみにしていたとでもいうのだろうか。

（……酷すぎるわ。あなたにとっては壊し甲斐のある玩具《おもちゃ》でも、わたしにとっては――レイン男爵家にとってお姉様は、代わりのない大切な家族なのよ！）

ロゼッタの胸の奥で、怒りの炎が静かに揺れる。

「即刻、この家から出て行きたまえ。そして、私の前に二度と顔を見せるな、恥知らずが」

最低！　最低！　最低‼

アーネストが吐き捨てるように言った瞬間、ロゼッタの怒りの導火線に火が付き、そして爆発した。

「……恥知らずなのはどっちよ。この人でなしの最低公爵！　わたしは絶対にこの家を出て行かないわ。その契約とやらを果たしてみせようじゃない。お姉様のことを考えられないようにしてやるんだから！」

「言っている意味が分かっているのか？」

アーネストの真紅の双眸《そうぼう》が、ギラリと光る。まるで悪魔のように恐ろしいが、怒りで燃えに燃えているロゼッタは気にせず、不遜《ふそん》に鼻を鳴らした。

「分かっているわよ！　煮るなり焼くなり殺すなり好きにすれば？」

恐怖心が麻痺したロゼッタがそう言った瞬間、アーネストの頬がピクリと動く。

「ふんっ。そのような挑発に私が乗ると思うのか？　愚かだな。そうだ、どうしてもこの屋敷にいたいというのなら……」

アーネストは足を組み直すと、蠱惑的《こわくてき》な笑みを浮かべる。

「私の身の回りの世話でもしてもらおうか。どうだ、屈辱だろう？」

どうやらロゼッタの挑発にアーネストは乗ったらしい。おかげで当初の思惑通りに、アリシアの代わりにロゼッタが侍女となることになった。

ロゼッタは内心でほくそ笑む。

「わたしがその程度の屈辱で音《ね》を上げるとでも？」

「がめつい女め」

「お褒めにあずかり光栄ですわ、旦那様。では早速、雇用契約の確認といきましょう」

勢いのあるうちに面倒なことは済ませてしまおうと、ロゼッタは早速話を切り出した。

「……雇用契約だと？　君は私から給金を貰いたいというのか？」

「当たり前でしょう」

タダで働かせるつもりだったのか、この鬼畜生《おにちくしょう》め。

ロゼッタの蔑《さげす》みにも気づかず、アーネストは高慢に顎をしゃくる。

「面《つら》の皮が厚いとはこのことだな。君のために宝石やドレスをくれてやるものか」

「いりません。わたしが欲しいのは現金です」

宝石やドレスは換金するのが面倒だし、そんな高価で無駄なものはいらない。貧乏貴族のロゼッタが信用するのは現金だけだ。

アーネストは即答するロゼッタを見て、驚愕に目を見開く。

「わ、分かったぞ。君はカルヴァード公爵家の財産を狙って――」

「ひとまず、わたしはフェイ様に仕事を教わるということですので、新人侍女と同じぐらいの給金をくださいませんか？」

矜持《きょうじ》の低い貧乏貴族のロゼッタは、執事のフェイに敬称をつけることに抵抗はない。むしろ、これから仕事を教わる立場になるのだから、それが当然だとも思えた。

「……それではまるで、侍女と同じではないか」

「それが何か？」

「余裕ぶっていられるのも今のうちだ。すぐに化けの皮を剥がしてやる」

アーネストは眉間に深く皺を寄せた。

怒りが鎮まってきたロゼッタは、窓から差す夕焼けを見て目を細める。

「どうぞご自由に、旦那様。とりあえず、今日はもう日が暮れて来ましたし、失礼しても良いですか？　できれば、契約の開始は明日からということにしてほしいのですが」

「君の部屋はない。物置で寝るんだな」

「カルヴァード公爵家の物置なら、さぞ立派なのでしょうね」

これだけ財力があるのだから、レイン男爵家にある自分の部屋よりもここの物置の方が豪華かも

しれない。

「……意地を張らず、早くこの家から出て行くことだ」

「いいえ、出て行きません。わたしは命懸けでここに来たのですから！」

殺気を放つアーネストに、ロゼッタは負けじと言い返した。

「……フェイ」

「はい、旦那様」

フェイは恭《うやうや》しく頷くと、ロゼッタの肩を掴んで扉の外へと押し出した。

「ちょっと！　まだ話が終わっていないわ」

「旦那様はお疲れです。意を汲《く》んでひとりにして差し上げるのも、使用人の務めですよ」

結局、ロゼッタはそのままアーネストに謝罪の一つも言わせることができず、フェイに引き摺《ず》られていった。


迷路のような屋敷の中をフェイに連れられて進み、ロゼッタは小さな扉がいくつもある廊下へと出た。そこはエントランスと違って薄暗く、日当たりも悪い。

（……そう言えば、人の気配がしないわね）

こんなにも広大な敷地なのに、ロゼッタがカルヴァード公爵家に来て出会った人間はアーネストとフェイだけ。使用人が客人になるべく姿を見せないようにすることはあるが、それにしたって行き過ぎている。

「ここがあなたの部屋ですよ」

フェイは立ち止まると、廊下の一番奥にある部屋の扉を開ける。

そこはシングルベッドと机と椅子、そして小さな洗面台のある部屋だった。

「物置じゃないのね」

「さすがに使用人を物置に住まわせませんよ。監視下に置かないと、何をやらかすか分からないですからね」

「……わたしは盗みなんてしないわ」

「魔が差すと人間は何をするか分かりませんから。忠実だと思っていた使用人が、目の前にちらつかせた餌に釣られて裏切る、なんてことも珍しくはありません」

「……」

優しげな口調でさらりとフェイは毒を吐いた。

「まあ、あなたが愚かなことをすれば、旦那様が黙っていませんので。生きていたければ身の処し方には気をつけることですね。では、仕事は明日からになりますので、おやすみなさい」

沈黙するロゼッタを残し、フェイは早々に姿を消した。

部屋に入って鍵を締めると、ロゼッタはベッドに飛び込んだ。

「……わたし、生きているわ」

今更ながら、ロゼッタの身体がカタカタと震えている。

それを誤魔化すように顔を枕へ押しつけると、子どものように手足をばたつかせた。

「うわぁぁああ！　わたしったら、なんであんなこと言ってしまったの。命知らず！」

ロゼッタは家族のことを馬鹿にされると血が上ってしまう。だが、それにしたって、悪名高いカルヴァード公爵に盾突《たてつ》くなど、命知らずにもほどがある。

格下の男爵家の令嬢なのに、まるで近所の悪ガキと喧嘩するような口調で怒鳴ってしまった。馬鹿だ、馬鹿すぎる。

……まあ、そんな馬鹿なことをしても、アリシアの代わりに侍女の仕事を貰えたのは幸いだ。これで一応、レイン男爵家の面子《メンツ》は立った。

「……お父様、お母様、お姉様。わたし、頑張るから……だから、みんなは幸せになってね……」

旅の疲れとアーネストとの対面で神経をすり減らしたロゼッタは、うとうとと微睡《まどろ》む。

そして、すんなりと意識は夢の世界へと旅立った。

☆

フェイはロゼッタを使用人部屋に送り届けた後、再びアーネストの元へ戻って来た。彼はソファーに寝そべり、ワインのコルクを抜こうとひとり格闘していた。

「まだ起きていたのですか、旦那様」

フェイは棚からオープナーとグラスを取り出した。そしてアーネストからワインの瓶を取り上げ、慣れた手つきで栓を抜き、グラスにワインを注ぐ。

氷で冷やしていない、ぬるいワインだが、今のアーネストはそれでも飲んで忘れたい気分なのだろう。

「旦那様は止めろ、フェイ。結局、結婚はできなかったのだから」

「結婚しなくとも、あなたはこの城の旦那様であるのですけどね」

そう軽口を叩けば、アーネストはギロリとフェイを睨み付ける。この目つきの悪さは、ある意味才能だ。

「はいはい。では、アーネスト様。ロゼッタ嬢は使用人の部屋へ通しておきました」

フェイは大人しくアーネストにワイングラスを差し出した。

「何か言っていたか？」

「いいえ、何も」

「……彼女は何者だ？」

アーネストはグラス越しにフェイを睨み付ける。

「そうですねぇ。カルヴァード公爵家の財産を目当てに姉を押しのけて来たのか、それとも
――」

「あの人の手の者か」

フェイは真剣な面持ちで頷いた。

「旅の道中は徹底的に人との接触を避け、馬車の窓から覗《のぞ》くことも禁止しました。ロゼッタ嬢の存

在は見つかっていないはずです。あの御方が干渉する隙はありません」

「敵対派閥でなく、あの人の息がかかっていない堅実な貴族で、尚且つ契約を結べそうな問題を抱えている令嬢ということで、レイン男爵家のアリシア嬢に目を付けたが……どうやら失敗だったようだな」

「まさか、姉君を押しのけて妹君が来るとは。アーネスト様、求婚状にどんな熱烈な口説き文句を並べたのですか？」

「簡潔な文だけだが？」

「またまた、そんな大嘘を。アーネスト様はただでさえ評判が悪いのですから、いつもの威圧的な口調のまま求婚状を書けば、ご令嬢方は裸足で逃げ出しますよ」

レイン男爵家は政治から遠く、特定の派閥に属していない。小さな領地ではあるが、領民から慕われている。今時珍しい穏やかな貴族だ。

そんなレイン男爵家の問題と言えば、長女のアリシアが病気だということだろう。薬が買えず、レイン男爵家が難儀《なんぎ》しているという情報を得たアーネストは、完治するまで薬を提供することを条件に、彼女を仮の妻に迎えたいと思っていたのだ。

すべてはこのカルヴァード領を守るために。

（てっきり、脅し文句をちりばめた色気も何もない文章を書くと思っていましたが……人は成長するものですね……）

アーネストは昔から無愛想で、色事《いろごと》はダメダメだった。

彼の成長に、フェイは心の中でひっそりと涙を流す。

「……威圧的で悪かったな。だが、侮《あなど》られるくらいならば、恐れられていた方がマシだ」

「難儀なものですねぇ」

いじけた顔でワインを呷《あお》るアーネストを見て、フェイは苦笑した。

そしてすぐにカルヴァード公爵家執事の顔に戻る。

「明日からのロゼッタ嬢の処遇はいかがなさいますか?」

「本人が望んだのだ。侍女としてこき使ってやれ」

「やれやれ。貴族令嬢を仕込むのは骨が折れます。私も忙しいですし、ティナに任せますか」

最近、とある理由で大量の離職者が出たため人手が足りないのだ。そのため、侍女の教育まで手が回らない。

「それはいいな。ティナ相手なら、すぐに音を上げて実家へ帰るだろう。貴族令嬢にティナは相性が悪い」

アーネストは悪人のような笑みを浮かべる。

顔は整っているのに、彼の表情は非常に誤解されやすい。蝶よ花よと大切に守られていた貴族令嬢では、アーネストの傍にいることはとても耐えられないだろう。

「そうですね。ロゼッタ嬢の目当てが、カルヴァード公爵家の財産であることを祈りますよ」

「……現時点では、あの人の手の者である確率が高いだろう」

「まあ、宝石もドレスもいらない、少しばかりの現金で良いと言うぐらいですからね。しかも、使用人部屋を与えられても我慢するなんて、普通の貴族令嬢ではありません」

どこからかレイン男爵家長女との婚姻を嗅ぎつけられ、先回りされてロゼッタはあの御方の手の者になってしまったのだろう。

「彼女は私を探り、あの人に情報を流すつもりなんだろう」

「せっかく、屋敷の中を綺麗にしたのに……」

「いい加減、諦《あきら》めて欲しいものだな」

アーネストとフェイは深く溜息を吐いた。

「アーネスト様を謀《はか》った、レイン男爵家の処遇はいかがなさいましょう？」

「……放っておけ」

「そうやって詰めが甘いから、碌《ろく》でもない噂を流されるのですよ」

フェイは呆れた目でアーネストを見た。

「うるさい！　私は別に……親しい者だけ理解してくれていればいい……」

アーネストはまだ十代の少年の時に両親を事故で失い、公爵位を継いだ。

その後、年若いアーネストを侮り、利用しようと近寄ってくる貴族たちが数え切れないほど現れた。不名誉な噂を流されようとも、それを利用してでもアーネストはカルヴァード公爵家を必死に守ってきたのだ。

身近にいたフェイは、彼の不器用さと優しさを誰よりも近くで見てきた。

そしてフェイはただの使用人だが、一生を懸けてアーネストに仕えようと決意したのだ。

「良かったですね、幼馴染みの親友が私と王太子殿下で。そうでなければ、アーネスト様は誤解やら陰謀やらで、もう死んでいますよ」

「そうだな」

「……これで、アーネスト様を心から愛して寄り添ってくれる奥様がいればいいんですけれど……」

フェイが小さく呟くと、アーネストは首を傾《かし》げた。

「フェイ、何か言ったか？」

「いいえ、何も」

フェイはにっこりと笑みを浮かべると、ワインボトルをテーブルに置いて扉へと歩き出す。

「それでは、アーネスト様。今夜は月明かりもありますし、私は庭の手入れをしに行ってきますね」

「……苦労をかける」

「いいえ。前とは違い、地味な趣味の庭師に邪魔されず美しく庭園を改造できるのも、なかなか楽しいものですよ」

フェイは小さく礼をして退室する。

今のカルヴァード公爵家には、ロゼッタを合わせて三人しか使用人がいないため、フェイの身体の休まる時は当分先だ。

☆

カルヴァード公爵家の城を朝日が照らす。

レイン男爵家にいた頃の習慣で日の出と共に起床したロゼッタは、ベッドの上で正座をしていた。

「……わたしはどうすればいいのかしら」

フェイの話では、今日から仕事が始まる。しかし、朝日が昇っても廊下は人の気配がしなかった。隣の部屋も、向かいの部屋も無人だ。

しばらく正座のままでいると、突然、ロゼッタの部屋の扉が開け放たれる。

「新人、起きてるぅ？　おっ、もう起きているなんて優秀、優秀」

「だ、誰ですか⁉」

ノックもせずに扉が開いたことに、ロゼッタは飛び上がるほど驚いた。

振り向けば、ダークブラウンの髪をポニーテールにした、ロゼッタと同じ年頃の少女がいた。彼女は眠そうに目をこすり、気の抜けた表情で部屋へ入る。

「あたし？　ティナだよ。あんたは？」

「ロ、ロゼッタです」

侍女服を着ているので、ティナがカルヴァード公爵家の使用人であることは間違いないだろう。

口調から言って、彼女は平民。だが、ここでティナはロゼッタの先輩だ。貧乏男爵家のロゼッタは大人しく礼を取った。

「ふーん、ロゼッタね。今日から一緒に仕事をすることになったから。よろしくね」

「よろしくお願いします、ティナ様」

「あんた貴族の娘なんだっけ？　あたしに様付けとか別にいいから。敬語もいらない。同僚を敬うとか敬われるとか面倒だし。ティナって呼んで」

ティナは身分も先輩後輩も気にしない質《たち》らしい。その考えは貴族だけでなく、平民の中でも変わっている。気の良い人なのだろう。

ロゼッタは、カルヴァード公爵家に来て初めて自然な笑みを見せた。

「分かったわ、ティナ。わたしのこともロゼッタと呼んで？」

「了解、ロゼッタ。しっかし、フェイが小難しいことばっかり言うから、どんな高飛車なお嬢様かと思えば……それなりに仕事をやってくれそうじゃん」

「期待に添えるように頑張るわ！」

ロゼッタは胸の前でグッと拳を握って答えた。

ティナは満足そうに頷くと、ロゼッタへそっと侍女服を差し出した。

「それじゃあ、早速この侍女服に着替えてくれる？　あとは……って、ロゼッタ荷物は？」

ティナはキョロキョロと辺りを見回し、鞄の一つも置いていない簡素な部屋に驚いていたようだ。

「……身一つで来るようにと言われたから……」

彼女の様子から考えて、貴族はもちろん、平民でも荷物なしで侍女になりには来ないのだろう。

それならば、何故アーネストは身一つで来いと手紙に書いたのか。

……ただの嫌がらせだろう。

ティナはロゼッタの話を聞いて口を尖《とが》らせた。

「何それ。不便じゃん。辞めていった侍女たちが残した備品で良ければ使っていいよ。服に関しては侍女服がいっぱいあるし、下着も希望者には支給していたから、地味なので良ければいっぱいあるよ」

「本当？　すごく助かるわ」

ティナは使用人専用の備品室にロゼッタを連れて行くと、換えの侍女服と下着、それにブラシや髪留めまで与えてくれた。

ロゼッタは涙ながらにお礼を言うと、侍女服に着替える。髪もきっちりと纏《まと》めてキャップを被り、新しい革靴も履いた。鏡に映った自分を見れば、そこには年若い立派な侍女がいた。

「なかなか様《さま》になっているじゃん」

「ありがとう」

ロゼッタは照れくさそうに笑う。

「さて、眠いし面倒だけど、仕事に取りかかるか……」

ティナも釣られて笑うと、手のひらを組んでぐっと背伸びをした。

「旦那様のお世話は基本フェイがやる。あたしたち侍女は、掃除や料理、買い物、洗濯——まあ、簡単に言うと大量の雑用をこなす。あと、たまに客人のおもてなしな」

「いっぱいあるのね」

実家では使用人を多く雇う余裕がなかったため、侍女は必要な時に町から雇うだけだった。それも来客がある時だけ。料理や洗濯などの家事雑用は、家族の中で割り振ってこなしていた。

ロゼッタは、そんな自分がカルヴァード公爵家で一流の仕事ができるか不安だった。

「今は人手がなくて大変だけど、適当にこなせば大丈夫、大丈夫」

ティナはロゼッタの心情などつゆ知らず、手をヒラヒラ振って軽い口調で言った。

そしてティナはロゼッタを連れて、城の中をざっくりと案内する。その時、ロゼッタたちは誰とも会わなかった。

最後に案内されたのは調理場で、そこも閑散としている。

「ちなみに料理はあたしが担当しているから。使用人のまかないもね。とりあえず、朝の一仕事が終わったら厨房に来て。そこで軽く朝ご飯だから」

レイン男爵家のような貧乏貴族と違い、筆頭貴族のカルヴァード公爵家に料理人が一人もいないのは、明らかにおかしい。

しかし、ロゼッタは新参者で当主のアーネストと執事のフェイからはまったく信頼もされていない。むしろ、早く出て行ってほしいと思われているはずだ。

そんな中で、好意的に接してくれているティナにまで厄介者扱いはされたくない。ロゼッタは余計なことは聞かないことにした。

「わたしは何をすればいいの？」

「そうだなぁ、とりあえず厩舎《きゅうしゃ》の掃除と餌やりをやって来て」

ティナは数秒悩んだ後、あっけらかんとした口調で言った。


厩舎は客人に見えないように、城の裏手にあった。

放牧に最適な平坦な緑の大地が広がっており、馬が逃げ出さないように頑丈な柵《さく》も取り付けられている。柵の向こうには山があって、ロゼッタはレイン男爵領を思い出した。

「公爵家だから、どれほど馬がいるのかと思えば……意外と少ないのね」

厩舎にいる馬は十頭だけ。どうやら最低限しかいないらしい。世話人もおらず、馬たちだけだ。

馬たちは見知らぬロゼッタを警戒するように鼻を鳴らす。

ロゼッタは馬たちに自分の姿を見せながらゆっくりと近づき、一番大きくて逞しい馬の前に立った。そしてじっくりと待つ。

「ブルルッ」

敵意がないことが伝わったのか、その馬は警戒を解いた。ロゼッタは馬の首筋や鼻を優しい手つきで撫でる。

「おはよう。今日からあなたたちのお世話をする、ロゼッタよ。よろしくね」

ロゼッタがそう言うと、馬たちが一斉に鼻を鳴らす。今度は歓迎されているような気がした。

「では、掃除をするので、みんな厩舎をいったん出てね。好きに走っていいわ。掃除が終わったらご飯だから」

そう声をかけて、厩舎の柵を外すと馬たちは我先に走り出す。元気な様子を微笑ましく思いながら厩舎の中を覗くと、そこが酷く汚れているのに気がついた。

「下手をしたら、一週間は掃除をしていないのかもしれないわね。食事は与えられていたみたいだけど……」

疑問に思うことは多いが、今は馬たちの環境を良くすることが先決だ。

ロゼッタは腕まくりをすると、掃除に取りかかる。動物特有の糞尿の匂いが充満しているが、ド田舎育ちのロゼッタには慣れたものだった。

しなびた藁《わら》を鉄製のフォークで掻《か》き出すと、糞尿を綺麗に水で流し、古い餌も捨てた。どうせカルヴァード公爵家はお金を持っているのだからと、馬房《ばぼう》の藁をたっぷりと敷く。

「……ふぅ、終わった——あ、ちょっと。もう、そんなにお腹が空いたの?」

達成感に浸っていると、先ほどの一番大きな馬がロゼッタのキャップを口で咥える悪戯をした。つぶらな瞳はらんらんと輝き、とても喜んでいるのが伝わってくる。

「分かったわ。すぐにご飯を持ってくるから」

ロゼッタは餌を仕舞っている倉庫へ行くと、台車いっぱいに牧草を乗せた。

そしてロゼッタが戻ってくる頃には、馬たちは全員行儀良く厩舎へと戻ってきていた。随分《ずいぶん》としっかり躾けられている馬たちだ。

「……やっぱり、専門の人がしっかりとお世話をしていたのね」

そう呟くと、ロゼッタは馬たちに牧草を与える。

馬たちはロゼッタを新しいお世話係と認識したのか、擦り寄るように懐き、ブラッシングまで許してくれた。

たくさんの味方を得ることができたとロゼッタは小さく笑みを浮かべるのだった。


ロゼッタは侍女服を着替えると、食堂へと向かった。

馬たちと接したことで癒やし効果があったのか、足取りは軽い。不安と恐怖だらけのカルヴァード公爵家の仕事だが、少しだけ希望が湧いてくる。

「あ、ロゼッタ。道具の場所とか、ちゃんと分かった？」

食堂に着くと、ティナが一人で大鍋をかき混ぜていた。食堂の中は、変わったハーブとスパイスの香りが充満している。

「ええ、大丈夫よ。厩舎も綺麗にして、餌も与えたわ」

「良かった。なんか、あたし馬たちに嫌われているみたいでさ。厩舎に近づこうとすると怒るんだよねー。ズバッと世話しようと思っているのに」

そう言ってティナが鍋をかき混ぜると、勢いが良すぎて床にスープが飛び散った。彼女はそれを気にした様子もない。

（……まあ、ちょっとティナにお世話されるのを躊躇《ちゅうちょ》するのは分かるわ）

馬はとても繊細な動物だ。彼女の荒っぽさを本能で恐れたのかもしれない。

「何か手伝うことはある?」

ロゼッタは話を切り替えるように言った。

「アーネスト様の食事は終わって、王宮の仕事に行ったから急ぎのものはないよ。フェイが煩《うるさ》くなる前に、朝食を食べよう」

ロゼッタは言われた通りに席へ着いた。

ティナは食堂の隅に置かれた使用人用のテーブルに二人分のスープ皿を置いた。そして、オーブンから焼きたてのパンを取り出して籠《かご》の中に入れ、同じく使用人用のテーブルに置く。

(……えっと、この料理が最近の流行なのかしら?)

スープは紫色でドロドロとしていて、煮込まれている具材の大きさはバラバラ。香り付けのハーブもそのまま入っている。そして何より、スープなのに薬品のような匂いがした。

さらに添えられたパンは歪《いびっ》な丸型で、色は炭になる一歩手前の焦げ茶色で石のように堅い。

(沿岸部ではイカスミを練り込んだ黒いパンもあるって聞いたことがあるし、このパンも何か特別な材料が使われているのよ。きっとそうよ!)

曲がりなりにもティナは厨房を任されている侍女だ。それはアーネストに、料理の腕と人柄を信頼されてのことだろう。だから……この料理は極上のうまさのはずだ。そう思うのに、ロゼッタの背に冷や汗が伝う。

「それじゃあ、食べるか」

ティナは席に着くと、戸惑いもなくスープを口に入れる。その表情は特に変わらず、やっぱり自分がおかしいのだと思ってロゼッタは一安心した。

まかないとは言え、筆頭貴族家の料理を味わえるなんて幸せ者だ。そう心の中で思いながら、ロゼッタはスープを一口飲んだ。

「……マズッ！」

取り繕うことも忘れ、ロゼッタはおよそ貴族令嬢とは思えない顔で叫んだ。

口の中は効き過ぎたスパイスでビリビリと痺れ、具材は半生かぐずぐずかの両極端。鼻から抜けるスープの香りは、湿布薬《しっぷやく》を連想させる。

ロゼッタは口直しをしようと、パンに齧《かじ》り付いた。

「堅いっ！　しかも、苦い！　見た目通りの味だわ」

パンは芯まで焦げていた。そして焦げ特有の苦みは、スープの味と見事に反発し、口の中で主張し合っている。

なんて恐ろしい味だ！

ロゼッタは青い顔をしながら、口元を手で覆《おお》う。

「あはは、やっぱり？　あたし、料理苦手なんだよねー」

ティナがけらけらと笑うが、耐えきれなくなったロゼッタは洗面所へと駆けだす。

自分はこのカルヴァード公爵家を生きて出られるのだろうか。そんな不安がロゼッタの胸を掠めた。

庶民派令嬢ですが、公爵様にご指名されました

第二話　疑惑の新人侍女

ロゼッタがカルヴァード公爵家の侍女になって、一週間が経った。

日の出と共に目覚めると、まずは日課になった馬の世話を行う。馬たちは良い子ばかりなので、ロゼッタの厩舎での仕事は一刻ほどで終わる。

そして重い足取りで食堂へと向かうのだ。

「ぐふぇっ！　マズい……でも、食べなくちゃ」

ロゼッタは深緑色をした泥のようなオートミールを、鼻を摘まみながら食べる。

初日に衝撃を受けたティナの料理に、まだロゼッタの舌は慣れていない。というか、慣れる気が一切しない。

しかし、ここで食事を抜けば残りの仕事をこなす体力がなくなる。ロゼッタは何度も吐きそうになりながら、オートミールをかき込んだ。

食事の時間がロゼッタは一番大嫌いだった。

「あはは、ロゼッタは頑張るねぇ」

「笑っていないで、少しは料理の腕を上げる努力をしなさい！」

ロゼッタが叱責《しっせき》するが、ティナは欠伸《あくび》をすると眠そうに目を擦った。

「人には向き不向きっていうのがあるんだよ」

「わたしたちのために諦めないで！」

恐ろしいことに、ティナの料理はアーネストとフェイも食べているそうだ。

ロゼッタの味覚がおかしいのか、それともアーネストとフェイの味覚がおかしいのかは、まだ分かっていない。

「ちなみに、今日の夕飯はビーフストロガノフだよ」

「お願いだから、ありったけのハーブを鍋にぶち込むのはやめて」

「肉の臭みを取らないといけないから無理だね」

……質素でも良い。ロゼッタはまともな食事がしたかった。


次の仕事に取りかかろうと、タライを持って廊下を歩いていたらアーネストと出会《でくわ》した。服は黒の正装に近い貴族服を着ているので、おそらく王宮へ行くのだろう。

ロゼッタは廊下の端に寄ると、深々と頭を下げる。

「おはようございます、旦那様」

「……まだいたのか」

アーネストはロゼッタの前に立ち止まると、心底嫌そうな顔で言った。

「わたしのことは、空気だと思ってくださ い」

「こんな腹の立つ空気があってたまるか」

「新人侍女風情にはもったいなきお言葉です」

侍女として雇用されてからというもの、アーネストとロゼッタは会う度《たび》に嫌みの応酬を繰り広げていた。

最初はビクビクしていたロゼッタだったが、いつしか開き直り、アーネストの真紅の双眸を真っ直ぐに見つめるようになる。

「……少し、痩せたか？　君のような小娘には、我がカルヴァード公爵家の仕事はキツかろう。意地を張らずに帰った方がいい」

心配げな物言いだが、アーネストはロゼッタの頬を思い切り抓《つね》った。

ロゼッタは手にタライを持っているため、それを払うことができない。イライラしながらも、ロゼッタは必死に平静を心がける。

「たひゃいなごはいりょ、ひょうえつしごくにしょんします」

「意外と面白くないな」

アーネストはつまらなそうな顔をすると、ロゼッタの頬から手を離した。

（わたしの頬が伸びて戻らなくなったら、どう責任を取ってくれるのよ！）

頬がジンジンと痛んだ。ロゼッタは痛みで涙目になりながらも、アーネストを睨み付ける。

「雇用契約がある限り、わたしは帰りません。やることがあるので！」

「……勝手にしろ」

冷たく言い放つと、アーネストはロゼッタに背を向けてスタスタと歩き出す。

「いってらっしゃいませ、旦那様。ちなみに今日の夕食は、ビーフストロガノフだそうです。ティナが心を込めて腕を振るうと言っていました。楽しみにしていてくださいませ」

「い、いってくる！」

アーネストは珍しく声を裏返らせ、早足で王宮へと向かって行った。


ロゼッタは城の裏手にある井戸に向かうと、タライに水を張って洗濯を始めた。

石けんは高級で、ほのかにシトラスの爽《さわ》やかな香りがする。アーネストの普段着を慎重にもみ洗いしていると、ロゼッタの横に洗濯物が山積みになった大きな籠が置かれた。見上げれば、フェイがにっこりと微笑んでいる。

「追加の洗濯物になります」

「かしこまりました、フェイ様」

ロゼッタは嫌な顔をせず、微笑む。

フェイはその後何も言わずに、城の中へと戻っていった。

残された洗濯物の山を見て、小さく溜息を吐く。

「一人でやるには、すごい洗濯物の量よね」

ロゼッタは立ち上がると、靴下を脱いでスカートをたくし上げた。そして膝の辺りでスカートを結ぶ。とても貴族令嬢がするような格好ではないが、今はこの洗濯物を片付けるのが先だ。

「よっし！　やってやるわ」

幸いなことに、フェイが持って来た洗濯物はシーツやタオルが中心だ。

それらを、石けん水を張った大きなタライの中に入れた。そして、ロゼッタはタライの中に入ると、ジャブジャブと音を立てながら洗濯物を踏んでいく。

「洗濯している時が一番平和な気がするわ」

汚れを落とした洗濯物を何度か水で濯《すす》ぎ、手動の脱水機のローラーで挟んで水気を切る。そして、一枚一枚皺を伸ばしながら、洗濯物を干していく。

「よしっ、終わった！」

額の汗を拭い、ロゼッタは満足げに笑う。

太陽はまだ空高く輝いており、思っていたよりも早く洗濯が終わったようだ。

ロゼッタはテキパキとタライを片付けると、仕事の報告をティナにするため城へ戻る。


廊下を歩いていると、突然パリィンッと何かが割れる音がした。

ロゼッタは音のした方向へと一目散に走り出す。

「何事!?」

そしてアーネストの部屋の前で佇《たたず》むティナがいた。彼女は大理石の床の上にぶちまけられた陶器の破片を見下ろしている。

「ティナ、怪我はない？」

ロゼッタが駆け寄ると、ティナは苦笑しながら頭をかく。

「いやぁ……うっかり、うっかり」

エプロンの裾《すそ》が切り裂かれているが、陶器の破片で怪我はしていないようだ。

ロゼッタはホッと安堵《あんど》の息を漏らすと、廊下に置かれた木製の装飾が施された美術品を飾る台座を見る。そこには昨日まであった美しい異国の陶磁器が消えていた。

「うっかりじゃ済まされないわ、ティナ。この花瓶はわたしたちが逆立ちしても買えない代物よ。クビになってしまったらどうするの」

「大丈夫、大丈夫。この花瓶はカルヴァード公爵家じゃ安物の部類だし、旦那様も割れたことになんて気がつかないよー」

「いいから掃除をしなさい！」

「つーかーれーたー」

危機感のないティナに、ロゼッタは呆れた目を向ける。

そして大理石の床を見て、あることに気づく。

「……ねえ、ティナはここの廊下の掃除をちゃんとやっていたのよね？」

「箒《ほうき》で掃いたけど？」

「隅に汚れが溜まっているじゃない！　また適当に掃いたでしょう。それに掃き掃除だけじゃなくて、モップで綺麗に磨かないと駄目よ」

「ええー。別にいいじゃん。廊下なんて誰も見ていないんだし」

「そう言って、昨日は客室の掃除も疎《おろそ》かにしたわよね」

「うん。だって、旦那様が客人をこの城に泊めるなんてめったにないし」

この一週間で気がついたが、ティナは公爵家の侍女とは思えないほど仕事が適当だ。使用人もロゼッタ以外にティナとフェイしかいないし、絶対にこの公爵家は何かある。

「それでも掃除はきちんとしなさい！　埃《ほこり》は病気を運んでくるのよ」

姉のアリシアは病弱で、少しでも塵や埃が部屋に舞っていると、すぐに咳をして寝込んでしまう。そんな姿をずっと見てきたロゼッタは、掃除に関して厳しいのだ。

「ごめん、ロゼッタ」

「ここは旦那様の過ごす場所だから、しっかり掃除をしないとね。わたしは信用されていないから、ここの掃除は手伝えないもの」

「あーあ、早くロゼッタも旦那様の部屋を掃除できるようになればいいのに」

「そういう訳にはいかないでしょう」

ロゼッタは箒とちりとりを持ってくると、陶器の破片だけ片付ける。

「ありがとう、ロゼッタ」

「どういたしまして。それじゃあ、ティナ。わたしはエントランスホールの掃除をしてくるわね」

「うん。お願いねー！」

ロゼッタは小さく笑うと、ティナに背を向けてエントランスホールへと向かう。

ティナはいつも通りけらけらと笑いながら、ロゼッタの姿が見えなくなるまで手を振った。

「ロゼッタの言う通り、ここだけは掃除をしっかりとやらないといけないよねぇ」

ティナの顔からは笑みがなくなり、氷のように冷たい無表情となっていた。

そしてアーネストの部屋の扉を開けると、入り口に倒れていた男を掴み上げる。

その男は血で顔を真っ赤に染め上げ、衣服は引き裂かれ、腕があらぬ方向に曲がっている。僅《わず》かに意識があるのか、男は小さく呻《うめ》き声を上げていた。

「不法侵入した鼠《ねずみ》を駆除するのに花瓶を割っちゃうなんて、うっかりだったなぁ」

ティナは男を引き摺ったまま歩き出す。すると、真っ赤なラインが大理石の床に描かれた。

「うわぁ、掃除が大変じゃん。尋問もしなくちゃいけないし、夕食作りに間に合うかなー」

そしてティナは、欠伸をしながら男と共に城の奥へと消えていった。

☆

ロゼッタはティナと別れた後、エントランスホールを掃除していた。調度品の埃を落とし、丁寧に磨いていく。

そして額に汗を浮かべながら床を拭いていると、コツコツと規則正しい靴音が背後から近づいてくる。

「おや、ここにまだ埃が溜まっていますね」

そう言ってフェイは絵画の縁を指でなぞり、指についた僅かな埃をロゼッタへ見せつけた。

（……出たわね、小姑《こじゅうと》！）

ロゼッタは内心の怒りを隠し、優しげに微笑んだ。

「そこは後でやろうと思っていたんです」

「嘘ですね。適当に済ますつもりだったのでしょう？」

「そんなことしません」

アーネストの指示か分からないが、ロゼッタが侍女になってからというもの、フェイは事あるごとに嫌みを言ってくる。

どんな意図があってロゼッタに嫌みを言うのかは分からないが、今は耐えるしかない。お金が欲しいのもあるが、何よりロゼッタはカルヴァード公爵家を離れる訳にはいかないのだ。

（……気にしないようにしよう）

黙々とモップをかけ続ける。そして床をすべて磨き上げて一息つくと、ロゼッタの後ろにはまだフェイがいた。

「ま、まだいたのですか⁉」

「なかなかの腕前ですね。少しだけ感心しました」

じっとロゼッタを監督するようにフェイは見つめてくる。

（……やりづらいわ）

監視なんかしなくても、ロゼッタは仕事の手を抜くつもりはない。

ロゼッタはフェイにうんざりしながらも、エントランスホールの中央にある階段の手すりを磨き始めた。タオルで丁寧に汚れを拭き取り、専用のコーティング剤で艶出しをしていく。

そしてロゼッタとフェイの間に、気まずい空気が流れた。

「フ、フェイ様は仕事をしなくて大丈夫なのですか？」

「仕事ならしていますよ」

「……」

していないでしょう！　という反論をロゼッタはすんでのところで呑み込んだ。

監視されていると居心地が悪い。いい加減イライラしてきたロゼッタは、この際なので今までの疑問をフェイにぶつけてみることにした。

「旦那様以外に、カルヴァード公爵家の方はいらっしゃらないのですか？」

「旦那様に兄弟はおりません。ご両親――先代のカルヴァード公爵夫妻は、十年以上前に不慮の事故で亡くなりました。ですので、本家には現在、旦那様おひとりです」

「……そうなんですか」

世間の噂とは異なり、アーネストは相当な苦労をしているのだろうか。

一瞬、意外とアーネストが良い人かもしれないと考えるが、ロゼッタはすぐにその思考を振り払う。

「そう言えば、ティナはどうして侍女をやっているのですか？」

ティナはどう見ても侍女には向いていない。そして本人もあまり侍女の仕事が好きではないようだった。

もしかしたら、使用人が少なすぎてティナは侍女の仕事を仕方なく掛け持ちしているのかもしれない。少しでも彼女の負担が少なくなればいいのにと思った。

「それはティナを辞めさせろということですか？」

「違います！　もう少し、人を雇って仕事の負担を減らせば……」

「新参者が、執事の私に意見するのですか？」

ロゼッタは純粋にカルヴァード公爵家を思って言ったのだが、それは伝わらなかったらしい。

フェイは疑うように眉を顰《ひそ》めた。

「せ、せめて、料理人だけでも！」

「無理ですね。もちろん、あなたが旦那様の食事を作るのも許しません。大人しくご実家へ帰るのが、あなたのためですよ」

食い下がるロゼッタにフェイはピシャリと言い放つ。

「……わたしは帰りません」

ロゼッタは俯《うつむ》き、グッと手が痛むほど拳を握る。

ここでロゼッタが引けば、アーネストが気まぐれにまたアリシアを侍女に寄越せと言ってくるかもしれない。

家族を守るためには、侍女としてロゼッタがカルヴァード公爵家を見張るしかないのだ。

「いつまでその強気な態度が続くのか、楽しみにしていますね」

そう言ってフェイはしばらくそのまま監視していたが、ロゼッタがエントランスホールの掃除を終えるのと同時にどこかへ行ってしまった。おそらく、自分の仕事へと戻ったのだろう。

ロゼッタは彼を気にすることなく、客室の掃除をする。そして日が落ち、蝋燭《ろうそく》の灯りなしでは廊下を歩けなくなった頃に、ようやく客室の掃除を終えることができた。

「……疲れた」

侍女二人で仕事を回すのは、やはり無理がある。

ロゼッタは重たい身体を引き摺って、ノロノロと食堂へと向かう。

「労働の後にティナの料理を食べるのは、精神的にかなり痛いのよね。ただでさえ、身体が疲れているというのに……」

食堂へ足を進めるごとに、胃がずっしりと重くなる。

すると、気にしないようにしていたフェイへの怒りがフツフツと沸いてきた。

「こんなに使用人が少ないなんて、明らかにおかしいでしょ！　何かを隠しているのは分かるわ。でも、わたしは詮索《せんさく》する気はないし……とにかく、せめて料理人だけは雇いなさいよ！」

愚痴を言うが、それだけで労働環境が改善されないのは分かりきっている。貧乏男爵令嬢如きの意見が採用されないのも仕方がない。なにせロゼッタには信用がないのだから。

鬱屈《うっくつ》した気持ちで歩いていると、いつの間にか食堂へと到着していた。

いつもと違い、怪しげなハーブとスパイスの香りがしないことに、ロゼッタは首を傾げる。

「あ、ロゼッタ。旦那様が帰ってきた後、すぐにフェイと出かけちゃったから、今日のビーフストロガノフは作らなくなったんだ」

「お仕事かしら？」

「街の食堂を視察に行ってくるとか言っていたよ。そう言えば、ロゼッタが来てからは食堂の視察に行かなかったけど、前は週に四回は行っていたなぁ」

「……逃げたわね」

食堂の視察に夜行くはずがない。というか、街の食堂なんて公爵様が行く必要はないだろう。そんなのは部下に任せておけば良い。

ロゼッタは、アーネストとフェイがティナの料理から逃げたのだと確信した。

「そんじゃ、今からあたしたちの夕食を適当に作るね」

ティナは紫色の強烈な刺激臭のするハーブを一株掴んだ。

ロゼッタは咄嗟《とっさ》に彼女の手を掴む。

「どうしたの、ロゼッタ？」

不思議そうに首を傾げるティナを見て、僅かにロゼッタの良心が痛む。

しかし、もう限界だった。

「……わたしが作る！」

ティナは良い人だ。だけど、それと料理の腕は関係ない。あんな料理を食べ続けていたら、ロゼッタは確実に死んでしまう……！

「ええ⁉　でも、フェイに言われているしな……」

渋るティナにロゼッタは微笑んだ。

「旦那様とフェイ様の分は、変わらずティナが作ればいいわ。わたしが作りたいのは自分の分だけ。調理しているところも監視してていいし……それなら文句ないでしょう」

「それは駄目だね」

ティナは真剣な顔をし、ロゼッタの両手をギュッと握りしめた。

「あたしの分も作ってよ。正直、残飯より酷い飯には飽き飽きしていたんだ」

「……自分で作ったものでしょう」

「自分だからこそだよ。マズくなると分かっていて料理を作る人の気持ちが分かる？」

「想像してみると、すごく嫌ね」

ロゼッタはくすくす笑うと、手を洗ってキッチンに立つ。

公爵家の厨房だけあって、様々な材料が揃《そろ》っている。ロゼッタは食材棚の中に、懐かしいものを見つけて手に取った。

（筆頭公爵家なのに、そば粉なんてあるのね）

そば粉は貧しい者が食べるものだと言われるだけあって、驚くほど安い。ほとんどの貴族は食すことなく一生を終えるだろう。

しかし、貧乏男爵家のロゼッタは何度もそば粉に食を支えてもらった。だから、そば粉に対する忌避感《きひかん》は全くない。

「ちょっと待っていてね」

ロゼッタは早速料理に取りかかることにした。

そば粉と卵と塩、そして水をボウルに入れて混ぜ合わせ生地を作る。その生地を熱したフライパンの上に流し込み、素早く広げる。軽く焦げ目が付いたら生地をひっくり返し、両面をしっかりと焼く。

「うぉぉおお！　なんか、すでに美味しそうなんだけど！」

ティナがロゼッタの後ろからフライパンを覗き込み、涙目で叫んだ。

「……まだ生地だけだから、今食べても美味しくないわよ。危ないからテーブルで待っていなさい」

「かしこまりました！」

ティナは元気よく敬礼すると、テーブルへと走っていった。

ロゼッタは苦笑すると、料理を再開する。

「具材は……定番のものでいいかしら」

ハムとチーズを取り出すと、ロゼッタはそれをスライスして生地の上に載せる。そして中央に卵を落とし、フライパンに蓋をした。

「もう一つ作らなくちゃ」

ロゼッタは別のフライパンを熱すると、先ほどと同じように料理を作る。

「あ、卵に火が通ったわね」

最初のフライパンの蓋を取ると、生地の四隅を折って具材を包み込むようにする。それを皿に載せて、仕上げにハーブをパラパラと降りかける。

「ガレットの完成ね！」

もう一つのガレットも同じように盛り付けると、ロゼッタはそれをテーブルへと運ぶ。

ティナはフォークを握りしめながら、涎《よだれ》を垂らしていた。

「簡単なものでごめんね。料理人じゃないし、田舎者だからあまり自信がないのだけど……」

ロゼッタがそう言うが、ティナは半分も聞きもせずにガレットを食べ始める。

「うまい！　うまいよ、ロゼッタ。こんな美味しい料理、久しぶりに食べたぁ……」

「大袈裟ね」

そう言葉にするが、確かに久しぶりに美味しいものを食べた気がする。

自画自賛するつもりはないが、自分の料理をこんなに美味しく感じたのは初めてだった。

「明日も明後日も……一年後もロゼッタの料理を食べていたいよぉ。そのためだったら、あたしは仕事を真面目に頑張る！」

涙ながらに言うティナを見て、ロゼッタはひらめく。

（あれ？　これってもしかして使えるのではないかしら！）

ティナに料理でやる気を出してもらえれば、仕事の効率は上がる。そして料理を気に入ってもら

えれば、フェイやアーネストへ口添えをしてくれるかもしれない。

「わたし、頑張るわ！」

ロゼッタは立ち上がると、胸の前で拳を握る。

ティナはそれを見て、大きく拍手をした。

そう、胃袋をつかむことから、ロゼッタの反撃は始まるのだ。

☆

ロゼッタが料理を始めてから一週間が経った。

料理の仕込みがあるため、前よりも遅寝早起きになったが、仕事の面では充実してきたのを実感している。

ジャブジャブとロゼッタがいつものように洗濯をしていると、額から汗が伝った。

どうにも身体が熱い。太陽はさんさんと輝いているし、今日は洗濯日和のようだ。

「……ふぅ」

ロゼッタが額の汗を拭って一息吐いていると、ティナが何かを抱えてこちらへ走ってくるのが見えた。

「ロゼッタ！　旦那様の部屋の掃除終わったよ。もちろん、廊下もピカピカ！」

「ありがとう、ティナ」

ティナはウキウキしながら、腕の中にある熟したリンゴをロゼッタへ見せる。

「だから……その……あたし、アップルパイが食べたいな！」

最近のティナは、仕事で手を抜くことが少なくなった。きちんとした料理を食べて、三時のおやつまで平らげている影響かもしれない。

食は人間の活力に結びついているようだ。

「ええ、分かったわ。代わりに三時まで仕事を頑張ってね」

「バリバリやっちゃうよ！」

頑張っているティナに、ロゼッタもやる気が湧いてくる。

今までで一番早く洗濯を終わらせると、ロゼッタはアップルパイを作りに厨房へと向かった。

調理を始めると、厨房はリンゴの甘い香りが広がった。

オーブンの中でアップルパイが綺麗なキツネ色になっていることを確認すると、ロゼッタはミトンを手に嵌《は》めて、ゆっくりとアップルパイを取り出した。

「良い色に焼けたわね」

ロゼッタは満足そうに頷くと、ナイフでアップルパイを六等分にする。

底の生地も焦げ付かず焼けたのか、切った瞬間サクッと軽快な音が聞こえた。断面も綺麗で、黄金色のリンゴとカスタードクリームがとっても美味しそうだ。

このアップルパイはロゼッタ渾身《こんしん》の出来と断言できる。

「ふむ。それなりですね」

突然、ぬうっとロゼッタの背後からフェイが現れた。

ロゼッタは反射的に飛び退《の》く。

「え⁉　び、びっくりしたわ」

「最近、ティナとこそこそしていると思えば……」

フェイはロゼッタのことは見ず、アップルパイを食い入るように見つめている。

彼の怒りに触れてしまったと思ったロゼッタは、あたふたとした。

「だ、旦那様の料理には、一切手を触れていないわ。変わらずティナが作っています！」

「まあ、そうでしょうね。彼女はある意味で天才ですから」

「このアップルパイはわたしとティナしか食べないわ。勝手に食材を使ったことは謝るけれど……」

「いえ、別に。従来は使用人も三食おやつ付きで働いていましたから、特に咎《とが》める気はありません」

「嘘！　絶対に怒っています……」

何故なら、フェイの視線はずっとアップルパイから離れないからだ。

混乱していたロゼッタだったが、鼻歌交じりで厨房にやって来たティナのおかげで、フェイの視線がやっとアップルパイから離れた。

「ああっ、フェイ！　こんなところで何をやっているの。サボリ？」

　そう言ってティナはフェイを睨み付ける。

「随分と仲良くなったのですね、ティナ」

「当たり前でしょ。ロゼッタは良い奴だもん」

「……なるほど」

　フェイは顎に手を当てながら呟いた。

　そして何を思ったのか、アップルパイを一切れ鷲掴みにして頬張り始める。

「ちょっと！　あたしがロゼッタにリクエストしたアップルパイなのに、なんで一番に食べてるのよ。この陰険執事！」

　ティナは叫ぶと、フェイの襟首《えりくび》を掴んで前後に大きく揺らす。

　しかし彼が動じた様子はない。

「これはなかなかの一品です」

　フェイはティナを無視してアップルパイを食べ続け、すぐに一切れ分を胃に収めた。そして指に付いたカスタードクリームを舐めると、ロゼッタの碧《みどり》の双眸を見つめる。

「あなたはティナの朝食と夕食も作っているのですか？」

「い、一応」

　ロゼッタは恐る恐る言った。

「では、私の分もお願いします。正直、ティナの料理は上級者向けでして、できることなら食べたくないですし」

フェイの予想外の言葉に、ロゼッタは瞠目《どうもく》する。

「何よ。フェイだって、あたしと同じぐらい料理が下手でしょうが！」

「旦那様の料理は引き続きティナが作ってくださいね」

「えぇー」

ティナが唇を尖らせて抗議すると、フェイは溜息を吐いた。

「旦那様が折れるまでの辛抱ですよ。私だって、毒味としてまだまだティナの料理を食べなくてはならないのですから、辛いのは一緒です」

「はいはい」

ふたりのやり取りを聞いていたロゼッタは、自分の頬が自然と緩むのを感じた。

「……やけに嬉しそうですね」

「だって、やっとフェイ様が信用してくれたんだもの！」

ロゼッタがそう答えると、フェイは頬をほんのり赤く染めてそっぽを向いた。

「す、少しだけです」

「それでも、わたしにとっては大きな一歩ですから！」

ロゼッタは少しずつ信頼関係を築けていることを実感していった。

☆

王宮での仕事を終えたアーネストは、すっかり寂しくなったカルヴァード公爵家に帰ってきた。

ラフな格好に着替え、ソファーで読書をしていると、アーネストの部屋にフェイがワゴンを押してやって来る。薬品と香辛料を合わせたような奇妙な匂いが部屋に充満した。

「……食事か。今日はもう疲れたから街へ避難する余裕もないな」

アーネストは本を閉じると、フェイは慣れた動作でテーブルの上に湯気の立つ皿を置いた。

「アーネスト様、本日の夕食のメイン料理は、当家秘蔵の料理人ティナによる、異国の珍しいハーブとスパイスで味付けをした――牛頬肉のワイン煮込みのような……しかし、そうでもないようなものになります」

「それは結局なんなんだ！」

「さあ？　私の知っている牛頬肉のワイン煮込みは、深緑色ではありませんので」

「……どうやったら、こんな色になるんだ……」

目の前に置かれた、深緑色の牛頬肉のワイン煮込み（仮）をスプーンで掬《すく》ってみると、肉の存在は発見できず、すべてがドロドロに溶けていた。

アーネストがなんとも言えない顔をしていると、フェイがそっと焦げ茶色の塊《かたまり》を差し出した。

「ご一緒にティナが作った、どうしてこうなったパンをどうぞ」

「ああ、バターとミルクをたっぷり使ったのに、何故か凄まじく堅くなってしまうとティナが嘆いていたパンか。どうしてこうなったではなく、ただの焼きすぎだろう」

「ハッキリとマズいと言ってもよろしいのですよ？」

「言えるか。無理を言って作ってもらっているのだからな」

アーネストは無理やり砕いたパンを牛頬肉のワイン煮込みに沈めると、ぐるりとスプーンでかき混ぜて、一気に口へ運ぶ。

今日はハーブよりもスパイスが多めだったらしく、舌がビリビリと痺れる。

しかし、アーネストは自分を奮い立たせて完食した。

「私はアーネスト様のそういう不器用なところを、主として好ましく思っていますよ」

「馬鹿を言え。立派な主だったら、お前たちにこんな苦労はかけない」

「今の過剰な仕事量のことですか？　それは仕方ないでしょう。前にいた使用人の半数はある日突然示し合わせたように離職し、残った私とティナ以外の使用人はすべて……あの方のスパイだったのですから」

「外の敵がようやく落ち着いてきたと思えば、内の敵に思い悩まされるとはな」

別にカルヴァード公爵家の財政状態が悪く、人を雇えない訳ではない。むしろ、以前よりも税収が伸び、アーネスト個人が行っている事業も軌道に乗っている。

だから当然、カルヴァード公爵家は大勢の使用人が働いていた。それが今では、フェイとティナ……そして、レイン男爵令嬢ロゼッタだけである。

その原因は――叔父のグラエムがアーネストを裏切ったからだ。

「おいそれと領内の人間を使用人として雇う訳にいきませんし、外からの人間はなかなか信用できませんからね」

フェイは神妙な顔でそう言うと、おもむろにワゴンから小さな皿を取り出した。

そこには、このカルヴァード公爵家で久しく見ていなかった、ちゃんとした形をしたケーキが載っている。

「お、おい！　それはなんだ⁉」

「アップルパイですが？」

動揺するアーネストにフェイはサラリと答えると、取り出したフォークでアップルパイを一口食べた。

「ティナが作って――いや、街で買ってきたのか？　しかし、そんな時間は――」

「アーネスト様が疑っている、あの方のスパイ候補からいただきました」

「何⁉　毒が入っているかもしれない。吐き出せ！」

アーネストの脳裏に一瞬、気の強そうなロゼッタが落ち込む姿が浮かんだが、それをすぐに振り払う。

「毒なんて入っていませんよ。彼女にそんなことはできません」

「……絆されたのか？」

「まあ、そうですね。彼女、すごく真面目で一生懸命仕事をしてくれているんです。執事としては、歓迎すべき人材ですね。あのティナもすっかり懐いていますし、悪い方ではないかと」

「そんな訳あるか……！」

叫んだ後に、アーネストはハッとした顔で黙り込む。

フェイは眉尻を下げ、困った顔をする。

「アーネスト様だって知っているでしょう。ティナは嘘を本能で見破る、カルヴァード公爵家の猟犬ですよ」

そう言ってフェイはアーネストの前に、毒味の済んだアップルパイを置いた。

アーネストは渋々アップルパイを食べる。

「どうです？　美味しいでしょう」

問いかけるフェイを無視して、アーネストは噛みしめるようにアップルパイを平らげた。

（……確かに美味しい。本職の菓子職人にも引けを取らない味だ。だが……）

幼馴染みのフェイとティナがロゼッタを信じても、アーネストは信じることができない。

あれほど自分を支えてくれていた、血を分けた叔父だって簡単に裏切ったのだから、新しく来た人を信じるなんて無理な話だった。

「……私は騙されない。彼女の尻尾を掴んで、絶対に追い出してやる」

アーネストの心は固く閉じたまま、人の心を恐れていた。

☆

日が昇る少し前に起きたロゼッタは、食堂で朝食の用意をしていた。

早速バゲット作りを始めたロゼッタは、昨日の夜のうちに発酵させていた生地を丸めて成形し、天板に並べてオーブンで焼いていく。

テーブルを拭き、食器を用意していると、次第に食堂の中がバターとパンに混ぜたハーブの柔らかな香りに包まれる。

オーブンを覗くと、膨らんだバゲットがこんがりとしていた。ロゼッタは慌てて天板ごとバゲットを取り出した。

「良い香りね」

すんすんとバゲットの香りを嗅いでいると、ロゼッタの視界に影が差した。

「確かにな。いったい、どんな毒――植物を入れたんだ？」

「植物？　今日のパンはローズマリーを混ぜ込みましたけど――って、旦那様⁉」

ロゼッタが見上げると、そこには神妙な顔でこちらを見下ろすアーネストがいた。

「ローズマリー……血行を促進させ、消化機能を高める働きがある」

「こんな朝早くにどうしたのです？　しかも、ここは使用人が使う食堂ですし……」

ブツブツと独り言を呟くアーネストに、ロゼッタは不審な目を向けた。

「気にするな。今日は仕事も休みだから、少し皆の働きぶりを観察しようと思っただけだ。私のことはそう……空気だと思ってくれ」

「か、かしこまりました」

こんな目立つ空気があるか、という指摘をロゼッタはどうにか呑み込んだ。

「ふぁぁ、おはよう。今日も早いね、ロゼッタ」

「おはよう、ティナ」

朝日が窓から差し込んでくる時間になり、ティナが食堂に現れた。

欠伸をしたティナは、眠そうな目でアーネストを見つける。

「ん？　なんで旦那様がいるの」

「私のことは気にするな」

「分かった、気にしなーい！　ねえ、ロゼッタ。今日の朝食のメニューは？」

切り替えの早いティナは、アーネストの言葉通りに彼から視線を外す。そしてその場でくるりと回ると、ロゼッタへ笑みを向ける。

「バゲットサンドにするつもりよ。具材はそうね……レモンと塩胡椒で味を付けたチキンなんてどう？」

「やった！　適当に旦那様の朝食を作って早くたーべよ」

ティナはそう言うと、食材庫から真っ黒いハーブを取り出した。

すると、アーネストが眉間に深く皺を寄せる。

「おい！　主人の朝食を適当に作るとは何事だ」

「うわぁ、空気がしゃべった」

「誰が空気だ」

アーネストは鋭い目でティナを睨み付けた。

（いや、空気だと思えって言ったのは旦那様じゃない。面倒くさいわね）

呆れたロゼッタは鶏肉を叩いて伸ばし、下味を付けていく。

「いいじゃん。適当に作ったって、心を込めて丁寧に作ったって、どうせマズいんだからさ」

「諦めるな。少しは努力しろ」

「努力きらーい。人には向き不向きがあるんだよ」

ティナとアーネストの言い合いは続く。

ロゼッタは熱したフライパンで鶏肉を焼き始めた。

「おはようございます。……おや、旦那様ではありませんか」

「……フェイ」

カッチリとした執事服を着こなしたフェイが、籠を抱えて現れた。

アーネストはフェイを見て、バツの悪い顔をする。

「昔から思っていましたが、あなたは誤解されやすい割に可愛らしいところがありますよね」

「うるさい」

アーネストとフェイ、それにティナのやり取りを見るに、三人は身分に捉われず、とても親しい間柄のようだ。

鶏肉の皮がこんがりと焼けた頃、ようやくアーネストとの言い合いが終わったフェイが、ロゼッタに籠を差し出した。

「ロゼッタ嬢、こちら搾《しぼ》りたてのミルクです」

籠の中には、牛乳瓶がいくつも入っていた。

「ありがとうございます、フェイ様！」

「……そのフェイ様は止めてくださいさい。私の方が身分は下なのですから」

「ではフェイさんと呼ばせてください」

これまでよりも少し優しくなったフェイを疑問に思いつつ、ロゼッタは微笑んだ。

「せっかくの絞りたてミルクですし、ホットミルクにして飲みましょうか。あ、ココアもいいですね」

「あたしはココア！」

ティナがすかさず声を上げた。

「私はホットミルクでお願いします」

「ティナがココアで、フェイさんがホットミルクね。わたしはホットミルクにしようかな。旦那様は――わたしの作ったものは嫌ですよね」

「あ、当たり前だ！」

アーネストが何故かロゼッタを睨み付けながら叫んだ。

当たり前のことを言うだけなのに、どうしてそんなに怖い顔をするのだろうか。

（……やっぱり、わたしは旦那様に嫌われているのね。まあ、仕方ないけど）

アリシアの代わりに来た健康な女なんて、面白味がないのだろう。だから、彼がロゼッタへの当たりが強いのも分かる。

「分かりました。旦那様を抜いて、三人分を作りますね」

鍋にミルクを入れると、そのまま火にかけた。

沸騰しないように注意しながら、ロゼッタはバゲットサンドの仕上げに取りかかる。バゲットに切り込みを入れると、レタスとトマト、そしてチキンを挟み込み、粒マスタードを載せる。

「完成したわ」

ロゼッタはバゲットサンドを皿に載せ、ホットミルクとココアをコップに注ぎ入れる。そしてそれらを、使用人用のテーブルの上に並べた。

「ねえ、旦那様。部屋に運ぶの面倒だから、ここで食べて行きなよー」

朝食を作り終えたティナが、アーネストに言った。

「ちょっと、ティナ。それはさすがに……」

使用人と主人が同じテーブルで食事をするのは、好ましくないことだとされている。公爵であるアーネストもそうだろうと思ったが、彼は渋面だがしっかりと頷いた。

「よかろう」

「いいの⁉」

ロゼッタは目をぱちくりとさせた。

アーネストはロゼッタのことを気にすることなく、静かにフェイの隣へ腰を下ろす。

「ふんふーん、ふんふんふんふーん」

ティナは鼻歌交じりに、アーネストの前に朝食を置いた。

「特製オートミールになります！」

「オートミール？　これが……」

ティナが作ったオートミールは何故か鮮やかなピンク色で、その上には飾りなのかザク切りにした黒いハーブが盛られていた。

ロゼッタとアーネストは、ティナの料理の才能に身震いをした。

「早く食べましょう」

フェイの一言で、ロゼッタたちはバゲットサンドを食べ始める。

アーネストはカタカタと震える手でスプーンを持ち、青い顔でオートミールを口に運ぶ。

（……なんかいじめているみたいで気分が悪いわね）

アーネストにも食事を作った方がいいのではないかと思ったロゼッタだったが、すぐにその考えを捨てた。

先ほどのアーネストの強い拒絶を思い出したのだ。

「んー、チキンも美味しいけど、焼きたてのパンとシャキシャキのレタスの相性も抜群だよ」

ティナは頬に手を当てながら、幸せそうな顔で言った。

するとアーネストが彼女に厳しい目を向ける。

「……そんなに美味しい訳がないだろう」

「意地っ張りだね、旦那様は」

「うるさい。危機感のない奴らめ」

そう言ってアーネストはオートミールをかきこむ。

その姿をロゼッタがぼうっと見ていると、アーネストと視線が交わる。

「……どうしたんだ。食べないのか？」

「あ、いいえ。すぐに食べます」

自分のバゲットサンドを見たら、まだ一口しか食べていなかった。

「もしや、何かやましいことでも――」

「ええっ、目の前でそんなマズそうなもの見せつけられたら、食欲が失《う》せるに決まっているよねー」

「ティナの言う通りですね」

「お前たちが言うな」

ロゼッタは三人の会話を聞き流しながら、黙々とバゲットサンドを口にする。

味はあまり感じなかった。

朝食の後。ロゼッタは馬の世話をするために、厩舎へ来ていた。

後ろを振り返ると、空気ことアーネスト・カルヴァード公爵がまだロゼッタを観察している。

「こんなところまで付いてこなくていいのに……」

「私の勝手だろう」

そう、勝手だ。この城では、アーネストが王様。彼が何をしようとも、咎める者はいない。

観察されることを早々に諦めたロゼッタは、馬を放牧させて厩舎の掃除に取りかかる。テキパキといつもの通りに動いていると、アーネストが僅かに驚いた顔を見せた。

「君はこんなことまでしていたのか」

「確かに、侍女の仕事ではありませんね。やはり、本職の世話人の方が馬たちにとってもいいと思いますが」

「……検討しよう。今は難しいが、近いうちに……」

「あ、ありがとうございます」

素直にロゼッタの意見にアーネストが耳を傾けてくれたのは初めてだったので、ロゼッタは動揺する。

それを悟られないように、ロゼッタは急いで厩舎の掃除を終わらせた。

「あら、もう戻って来たの？」

牧草を餌箱に補充していると、馬たちが厩舎へ戻ってきた。

そしてウルウルとした目でロゼッタのエプロンのポケットを見つめる。

「さすが。気づいたのね」

ポケットからニンジンを取り出すと、ロゼッタはそれを公平に馬たちへ食べさせる。すると、アーネストがそれを恨めしそうに見ていた。

「……餌やりをしてみますか？」

「……いいのか？」

ニンジンを食べたい訳ではないと思って聞いてみたが、どうやら正解だったらしい。

アーネストは無表情でニンジンを受け取ると、そのまま馬に食べさせた。

次にロゼッタが馬たちをブラッシングしていると、アーネストが眉間に皺を寄せて、不機嫌そうにこちらを見ている。

「……ブ、ブラッシングをしてみますか？」

「いいのか？」

ダメ元で聞いてみると、アーネストはブラシを受け取って怖々《こわごわ》とした手つきでブラッシングをしていく。

その顔は相変わらず凶悪だったが、馬たちが大人しくしているので、敵意はないらしい。

「旦那様は、馬の世話がお好きなんですか？」

何気なくロゼッタが聞くと、アーネストは少し考え込む。

「好き……というのかは分からない。乗馬はするが、世話は初めてだからな。思えば、そんなことをする時間はなかった」

何があったのか、どんな子ども時代だったのか……ロゼッタは聞いてみたい衝動に駆られたが、すぐに心の中にしまい込む。

アーネストは酷い人なはずなのに、心のどこかでそれを疑問視する自分がいた。

午後になり、ロゼッタが洗濯を始めてもアーネストは飽きずに観察していた。

さすがのロゼッタも呆れた目を彼に向ける。

「今日は帰れとわたしに言わないのですね」

「観察しに来たと言っただろう。だが、君に帰ってほしいというのは、私の変わらない思いだ」

「そう、ですか」

なんだか頭がぼうっとする。

思考の纏まらなくなったロゼッタは、石けん水に手を突っ込んだまま静止した。

「それにしても君は、冷たい水にずっと手を入れていて寒くないのか？」

「いえ、全然。むしろ暑いぐらいですけど」

そう言った後に、ロゼッタは首を傾げる。確かにおかしい。もう秋だというのに、真水を冷たく感じないなんて、感覚が鈍っているとしか思えない。

ロゼッタが勢いよく立ち上がると、ぐらりと視界が歪んだ。

「だ、大丈夫か⁉」

よろめくロゼッタをアーネストが咄嗟に受け止める。

そしてロゼッタはようやく自分の身体の異常に気がついた。それと同時に不安な気持ちがせり上がってくる。

「……酷い熱だ」

アーネストはロゼッタの額に手を当て、顔を顰める。

「へ、平気です。なんでもありません。だから――」

だからどうか、わたしを一人にしないで。

雑音が耳に響き、胸が苦しい。

ロゼッタはアーネストのシャツの裾をきゅっと握りしめ、意識を失った。

☆

倒れたロゼッタは客室のベッドに寝かされた。

アーネストはフェイを街まで走らせ、一年ほど前までカルヴァード公爵家に勤めていた老齢の医師を連れて来させた。

医師はアーネストへ呆れた顔を見せたが、苦しむロゼッタを見てすぐに診察を行う。

アーネストとフェイはそれを黙って見守る。

「……ふむ。結構前から調子が悪かったようですな」

医師は聴診器を外すと静かに言った。

「それで、彼女は助かるのか？　もしや、不治の病にかかって、余命半年⁉　いいや、まさか……今夜が峠だというのか。ならん！　金ならいくらでも払うから、彼女を助けてくれ！」

「思考が飛躍しすぎですぞ」

「いいから彼女は助かるのか⁉」

焦るアーネストに、医師は安心させるように微笑んだ。

「風邪ですな。熱は高いが……身体も若いので、死ぬことはありません」

「……そうか」

「おそらく、心労と過労で免疫力《めんえきりょく》が落ちて風邪をもらってきてしまったのでしょう」

「心労と過労か……」

慣れないカルヴァード公爵家へ来て、ロゼッタは真面目に働いていた。アーネストもフェイも、早くこの城から逃げ出させるために辛く当たってしまった。

（……ロゼッタは、叔父上のスパイではないんだろうな）

彼女が来て一週間が過ぎた頃から、薄々はその可能性に気がついていた。

だが、それを認めるのが怖くて、アーネストはロゼッタを遠ざけることばかりを優先させてしまった。もう少し……彼女の事情を聞いても良かったのだ。

「心当たりがおありのようですな。若い娘さんは大事にしてあげませんと。この娘さんを気に入っておられるのでしょう？」

「き、気に入ってなどおらん！　女など、煩《わずら》わしいだけだ」

いつもの癖で咄嗟に虚勢を張ると、医師は小さく噴き出した。

「ぷぷっ。働き者の使用人という意味だったのですがな、アーネスト坊ちゃん」

「……坊ちゃんはやめろ。私はとっくの昔に成人している」

「坊ちゃんは坊ちゃんですぞ。まだまだ青い」

「うるさいぞ、爺《じい》」

この医師とは、生まれた時からの付き合いだ。

アーネストが多少睨んだからと言って、怯《ひる》んだりはしない。

「さて、儂《わし》はそろそろ失礼しますかな」

医師は鞄を持って立ち上がった。

「泊まっていいかないのか？」

急に呼び出して無理をさせたのは分かっている。

だからアーネストは医師には城で休んでもらい、明日街に戻ってもらおうと思っていた。しかし、
医師は首を横に振る。

「アーネスト坊ちゃんたちの負担になる訳にはいきませんからな。娘さんも休ませてあげたいですし」

「……そうか。助かる」

今、この城にはフェイとティナ、そしてロゼッタしか使用人がいない。城の維持管理と日々の業

務だけでも追いつかないのに、そこへ客人をもてなすのは、かなり負担だ。

なるべくカルヴァード公爵家の情報が外へ漏れないように気を遣っていたが、人々の噂までは止めることはできない。

おそらく医師は、実際に城の中に入って、アーネストの置かれているおおよその状況を理解したのだろう。

「どのくらいで片を付けられそうですかな？」

短い問いの中に、医師が使用人の件だけではなく、叔父のグラエムと揉めていることも知っているらしいことが分かる。

観念したアーネストは、少し険《けん》のある顔で答えた。

「……分からない。だが、王太子殿下にしばらく領地のことに専念するように言われた。できるだけ早くカルヴァード公爵家を安定させるつもりだ」

王位を狙っているだとか、アーネストの口さがない噂を流布する者もいるが、真実は違う。

アーネストは王太子の側近で一番の支援者だ。だから、貴族としても、友人としても、アーネストが倒れることは望まない。そのため、しばらくの間カルヴァード公爵家の問題に専念せよと言われている。

「ふむ。良き友人に恵まれましたな」

「ああ、本当にな」

アーネストが小さく笑みを浮かべると、医師は鞄から紙袋を取り出した。

「こちらが薬ですぞ。朝昼晩、食後に一包ずつの服用。後は暖かくして、たっぷりの睡眠をとって身体を休ませてあげてください。熱の上がりすぎも良くありませんから、額は冷やすこと。もしも容態が急変したら、また儂を呼んでくだされ」

「分かった。ありがとう」

アーネストは薬を受け取ると、珍しく素直に礼を言った。

「ふぉっ、ふぉっ。応援していますぞ」

医師は小粋《こいき》に笑うと、そのまま街へと帰っていった。

アーネストはロゼッタの眠るベッドの脇にある椅子に座ると、彼女の汗で張り付いた髪を優しく払う。

「……すぐにでも出て行くと思ったんだ。君は頑固で負けん気が強くて、責任感もあって……けれど、か弱い女性であるということを忘れていた」

叔父の裏切りで、アーネストは視野が狭くなっていたのだろう。

ロゼッタのことを、叔父のスパイだと思い込んでいた。ずっとフェイとティナに見張らせていたが、彼女はカルヴァード公爵家を調べるそぶりすら見せない。本当に真面目に働いてくれていた。

「私も失念しておりました。申し訳ありません」

「彼女が起きたら、謝るしかあるまい」

謝って、そしてロゼッタが来てからとても助かっていたとお礼を言いたい。できることならば、彼女の作る料理を食べさせてもらおう。……もう、ティナの料理は食べたくない。

「素直に謝れますかね。アーネスト様は、不器用人間ですし」

「……馬鹿にするな、フェイ。謝罪ぐらいできる」

「ええ、期待していますよ」

アーネストはフェイからロゼッタへと視線を移す。

このまま寝かせてやりたいが、彼女の顔は赤く、呼吸が乱れて苦しそうだった。

「苦しそうだな。一度起こして薬を飲ませるか」

そう言ってアーネストが立ち上がった瞬間、廊下からガッシャンッと何かが割れる音がした。

「……食堂からだな。私が様子を見てくるから、フェイは彼女のことを頼む。部屋を暖かくして、濡れタオルを額に載せてやってくれ」

「かしこまりました」

アーネストはフェイに指示を出すと、足早に食道へと向かう。

徐々に強まる摩訶不思議な匂いに、胸騒ぎがする。

「何事だ？」

意を決して食堂を覗けば、そこには大量の割れた皿が散乱していた。

「あ、旦那様。その、うっかり……皿を割っちゃった」

ティナは皿を割ったことを誤魔化そうと、ペロッと舌を出して可愛らしく笑った。

「そうだな、皿が割れているな。しかし、私が今一番聞きたいのは……この凄まじい悪臭はなんだ？」

強い匂いで鼻がツンとし、頭痛がする。怒るのも億劫《おっくう》で、アーネストは無表情に言った。

「何って、ロゼッタに粥《かゆ》を作ったんだよ。病人食と言えば、これだよね！」

そう言ってティナは、土鍋に入った赤黒いものをアーネストに見せた。

その赤黒い何かはぐつぐつと煮立ち、紫色の煙が出ている。断じて粥などではない。

「……なんだこの地獄のマグマは」

どう見ても異界の物質だ。

「酷い、旦那様！　ロゼッタが元気になるように、古今東西の身体に良い物をいっぱいぶち込んだのに」

「お前は彼女を殺す気か！」

「栄養満点だよ⁉」

「栄養の問題じゃない！　どうして、ティナは壊滅的に料理ができないんだ！」

堪《たま》らずアーネストは叫んだ。

「うーん。だいたいのことは拳で解決して生きてきたからかなー。繊細なことは難しいよ」

確かにティナは主人を世話する侍女ではなく、護衛する侍女で料理の技術は必要ない。しかし、人間として最低限のことはできても良いはずだ。美味しいものを作れとまでは言わない。せめて食べられるものを作ってほしかった。

「……もういい。彼女の食事は私が作る。ティナ、割れた皿を片付けろ。その地獄粥は自分で食べるんだ」

諦めてアーネストがそう言うと、ティナは元気よく手を上げた。

「はーい。粥の処理はフェイに手伝ってもらいます。でも、旦那様。料理ちゃんと作れるの？　駄目だよ、病人に変なものを食べさせちゃ。ロゼッタが可哀想だからね」

「少なくとも、お前よりはマシなものが作れる……！」

アーネストは怒りに満ちた瞳で叫ぶと、テーブルの上にあったリンゴを手に取った。そしてそれを、道具を使ってすり下ろしていく。

「そんな力を入れたら危ないよ」

「うるさい！　暇なら裏庭の氷室《ひむろ》から氷を取ってこい」

「いえっさー！」

ティナは窓を開けると、しなやかな身のこなしで食堂から出て行く。

「……はぁ。私はどこへ向かっているんだろうか。貴族たちが見たら目が点になるだろうな」

アーネスト・カルヴァード。二十四歳にして、初めての料理が始まる。

幼馴染みたちが料理下手なせいで自分の料理の腕が心配だったアーネストだったが、吐き気と眩暈がするような異臭は発生せず、常識的な料理が作られていく。それはアーネストに料理の才能があったというよりも、自分が初心者だということを自覚し、簡単な料理を作ったからだったが。

「……ふう。やっとできたな」

初めての料理は二十分ほどで完成した。

途中、すり下ろし器で指を怪我するなどトラブルはあったが、とりあえず人間が食べられる料理を作れたはずだ。

「旦那様、ちゃんと料理はでき――嘘ぉ！　あたしより、まともなものを作っている⁉」

桶《おけ》いっぱいに氷を抱えてきたティナが、アーネストの持つ小さな小鉢を見つめて声を上げる。

「うるさいぞ。ティナのような料理を作る方が難しいんだ」

小鉢の中には、すり下ろしたリンゴと蜂蜜、そして少量の生姜を混ぜ合わせたものがあった。幼い頃、アーネストが風邪を引いた時に母が食べさせてくれたものを参考に作ったのだが、とても近いものができたと思う。

「私は彼女の元へ戻る。お前は氷枕を作ってくれ」

「拳を使うのは得意だよ！」

ティナは腕まくりをして元気よく答えた。

「……アイスピックを使え。拳で砕いた氷なんて、気分が悪いからな」

アーネストは眉間に皺を寄せると、ロゼッタのいる客室へと戻る。

客室に入った瞬間、アーネストをモワッとした熱気が包み込む。

真夏のような暑さに、アーネストは怪訝《けげん》な顔をした。フェイを探して部屋を見渡せば、暖炉《だんろ》の傍でゴソゴソと不審な動きをする彼がいた。

「な、何をしている⁉」

アーネストが問いかけると、フェイは不思議そうにクビを傾げた。

「おや、アーネスト様。そんなに叫ばれては、ロゼッタ嬢が起きてしまいますよ？」

「それはそうだが……そうじゃなくてだな。これはいったい何事だ！」

「何って、アーネスト様に言われた通りに部屋を暖めて、ロゼッタ嬢の額に濡れタオルを載せたのですが？」

「物には限度があるのを知らないのか！」

このままでは、身体に熱が籠《こも》りすぎてロゼッタが余計に苦しんでしまう。

アーネストは急いでロゼッタにかけられたブランケットを剥がした。幸いなことに、部屋が暖まってから時間はあまり経っていない。ロゼッタは汗をかいて相変わらず苦しそうだが、容態が悪化することは避けられたようだ。

「ん？　なんだ額だけ尋常じゃない汗が……いや、水か？」

ロゼッタの顔には、ダラダラと水が流れていた。その原因は、シーツをビショビショにするほどに水気たっぷりの濡れタオルだった。

アーネストは素早くロゼッタから濡れタオルを取り、濡れたシーツの上に厚手のバスタオルを敷いた。

「……私、何かやらかしました？」

自覚のないフェイをアーネストは半目で見る。

「タオルはビショビショで、部屋はサウナ並みに暑い……お前は病人を殺す気か」

「申し訳ありません。今まで人生、自分の好き勝手生きてきて誰かの世話は初めてだったんです。計算や書類の偽造は得意なんですけどねぇ」

「……お前たちは人間として大事なものが欠落している気がする……」

ティナといい、フェイといい、自分の幼馴染みの使用人は、どうしてこうも一般的な感覚から外れているのだろうか。貴族の自分よりも生活力がない気がする。

「もういい。私が彼女の世話をするから、フェイは私の仕事を片付けていてくれ」

「かしこまりました」

現在、このカルヴァード公爵家でロゼッタの看病ができるのは自分だけだと確信し、フェイを部屋から追い出した。

アーネストは燃え盛る暖炉に近づくと、薪《たきぎ》を散らして火の勢いを弱める。これでもうこの部屋が必要以上に暑くなることはないだろう。

「……やっと落ち着いたか」

安堵の息を漏らすと、アーネストはベッド脇の椅子に座る。

ロゼッタの呼吸は先ほどよりも安定していたが、ブランケットを勢いよく剥がしたせいで夜着が乱れて、白く程よい肉付きの足が露出している。

アーネストは顔を背けると、素早くブランケットをロゼッタに掛けた。

「お、おいっ。起きるんだ」

ゴホンッと咳払いをすると、アーネストはロゼッタの肩を揺らした。

「ん……誰？」

「私だ」

ゆっくりとロゼッタの瞼《まぶた》が上がり、ぼんやりとした碧色の双眸がアーネストを捉える。すると、彼女はブランケットに潜ってしまった。

「……わたしは大丈夫だから。お姉様のところへ行って」

「君の姉？　なんの話だ」

アーネストはブランケットをロゼッタの顔が見えるぐらい捲ると、彼女の額にそっと手を当てた。

「やはり、まだ熱が高いな」

ロゼッタは高熱で意識が朦朧としているのか、カルヴァード公爵家にいることを忘れているらしい。

「わたしは平気だって言っているでしょう。だから、お姉様のところへ行って」

ぷうっとリスのように頬を膨らませるロゼッタを見て、アーネストは溜息を吐いた。病人の相手は難しい。

「……君の姉は今、とても体調がいい。だから、私が君の傍にいても問題ないだろう？」

適当な嘘を吐くアーネストを見て、ロゼッタは潤んだ瞳ではにかんだ。

「嬉しい！」

ロゼッタは幼子のように声を弾ませた。

それをアーネストは呆然と見つめる。

（……これはいったい誰だ⁉）

今までアーネストが見たロゼッタの表情と言えば、怯えや呆れ、怒りなどだった。

それらは普段貴族たちから向けられている感情だったため、アーネストは特段気にすることはなかった。

だが、今のロゼッタの好意的な表情はアーネストにとっては見慣れないもので、ドクドクと心臓が早鐘《はやがね》を打つ。

「そうだ、私は看病に来たのだ」

散々流された不名誉な噂と目つきの鋭い外見のおかげで、夜会に出ればアーネストは貴族令嬢たちに怯えられ、遠巻きにされている。経験豊富な未亡人や男女の駆け引きを楽しむ貴族夫人なんかは積極的に迫ってきたが、アーネストは火遊びをして修羅場になるのは嫌だったし、何より彼女たちの捕食者の目が怖くて逃げ回っていた。

だからハッキリ言って、見た目と地位の割に純粋培養のアーネストには、今のころころと表情の変わるロゼッタは小悪魔にしか見えなかった。

アーネストは真っ赤に染まった顔を隠すように、ロゼッタから離れようとした。

「……どこか行っちゃうの？　嘘つき」

ロゼッタは拗ねた顔をしながらアーネストのシャツの裾を掴んだ。

あざとい。あざとすぎる……！

「い、いや、行かない。そこにある小鉢を取るだけだ」

アーネストはしどろもどろになりながら、キャビネットの上に置いていた小鉢を取った。そして意味もなくグルグルとスプーンで何度もかき混ぜる。

「それ、なぁに？」

ロゼッタは小首を傾げて問いかけた。

「おそらく、風邪に効く食べ物だ。食べると良い」

「食べさせて」

「……え？」

アーネストが目をぱちくりとさせると、ロゼッタはまたぷうっと頬を膨らませた。

「食べさせてって言ってるの！」

「わ、分かった」

ロゼッタの気迫に押されたアーネストは、思わず頷いてしまう。

アーネストは震える手でスプーンを持ち、掬ったリンゴをロゼッタの口元へ運ぶ。すると彼女は、迷いなくスプーンを咥えて蕩《とろ》けるような笑みを浮かべる。

「ん、おいしい。ありがとう」

「いや……別にお礼を言われるほどではない……」

アーネストは真っ赤になった顔を隠して素っ気なく言った。

これ以上ロゼッタのペースに呑まれるのは嫌だと思ったアーネストは、医師からもらった風邪薬を取り出した。

「ほら、薬を飲め」

水と一緒に風邪薬をロゼッタに渡す。

しかし彼女はそれをはね除《の》ける。

「嫌よ」

「君は子どもか」

ロゼッタは、呆れるアーネストを潤んだ瞳で睨み付けた。

「ロゼッタって呼んでくれなきゃ嫌よ」

「何を馬鹿なことを……」

「嫌よ」

「名前ぐらいで……」

「嫌って言ってるの」

「………ロ、ロゼッタ……」

観念したアーネストが名前を呼ぶと、ロゼッタは無邪気な笑みを見せる。

「えへへ。ありがとう、親切なお兄さん」

「……私のことは名前で呼ばないか」

ロゼッタのこの甘えた態度は、アーネストのことを見ず知らずの他人だと思っているからなのだろう。嫌われているのは当たり前のことだというのに、アーネストの胸がズクリと痛む。

ロゼッタはそんなアーネストの心情など気にもせず、風邪薬を飲んだ。

「薬を飲んだわ」

「そうだな」

「ご褒美に撫でてくれないの？」

「うっ」

ロゼッタはベッドの上に両手をつき、期待した目でアーネストを見上げる。

困惑するアーネストだったが、恐る恐るロゼッタのふわふわと柔らかなチェリーレッドの髪を撫でた。

「よ、よく頑張ったな、ロゼッタ……」

「そうでしょう？　もっと褒めて」

ぎこちないアーネストの手つきを咎めず、ロゼッタは尻尾を振る子犬のように笑った。

「薬を飲んだことだし、早く寝るといい。君が不調なのは、こちらとしても歓迎すべき事態ではないからな」

ゴホンと咳払いをして、アーネストはロゼッタから離れようとした。

すると彼女は不安げに眉尻を下げた。

「わたしが眠るまで、手を握っていて。お願い……」

「し、仕方ないな」

ロゼッタをベッドに寝かせると、肩までブランケットを引き上げる。

次第に彼女はうとうとし始め、ぼんやりとアーネストを見た。

「……誰かに看病してもらったのは初めて……」

「そうか」

「わたしよりもお姉様の方が、とても辛そうだったから……」

フェイの報告によると、ロゼッタは領地にいた頃はとても健康だったらしい。それでも、何年かに一度は風邪を引いていたに違いない。

だが彼女が風邪を引いた時、運悪く病弱だったアリシアも体調を崩した。ロゼッタは自分よりも姉の看病を両親に頼んでいたのだろう。……本当の気持ちを隠して。

「……君も不器用だな」

ロゼッタが眠りについたのを確認してから、アーネストはそっと呟いた。

そして彼女の頬を優しくなぞり、瞼の上にキスを落とす。

「見ぃちゃった、見ぃちゃった」

下卑《げび》た声がかけられ、ドキリとアーネストの心臓が跳ねる。

振り向くと、中途半端に開けられた扉からティナが顔を出し、ニヤニヤと笑みを浮かべている。

「テ、ティナ！　いつから――違う、これは早く風邪が治るためのおまじないで」

慌てて弁明するアーネストを見て、ティナは大袈裟に頷いた。

「ええ、分かっていますとも。野暮《やぼ》なことは言わないでよろしい」

「絶対に分かっていないだろう……！」

「もう、旦那様。大きい声を出すと、ロゼッタが起きちゃうよー」

へらへらとした顔のままティナは部屋に入ると、キャビネットの上に氷枕を置いた。

「ではでは、後は若いお二人で」

婚姻を勧めるお節介なご婦人のようなことを言うと、ティナはそそくさと退室していく。

廊下から響く、弾むようなスキップの音は徐々に遠くなり、やがて聞こえなくなった。

「……使用人を気遣うのは、主人の役目だ。何らおかしいことではない」

自分に言い聞かせるように言うと、アーネストはロゼッタの頭の下に氷枕を敷く。

気持ちよさそうな寝息に安堵すると、アーネストは険のない朗《ほが》らかな笑みを浮かべた。

☆

カーテンの隙間から柔らかな光が差し、ロゼッタはゆっくりと意識を覚醒させた。

「……朝？　あ、いけない！　急いで朝食の支度をしなくちゃ」

勢いよく起き上がろうとするロゼッタだったが、ベッドに上半身を俯せにして椅子に座った黒髪の男性が、静かに寝息を立てていた。

黒髪の男性といえば、この城には当主のアーネストしかいない。

「だ、旦那様⁉」

ロゼッタは素《す》っ頓狂《とんきょう》な声を上げる。

「ん……目が覚めたか、ロゼッタ」

怠《だる》そうに身じろぎをしながらアーネストは身体を起こし、ロゼッタへ眠たげな真紅の双眸を向けた。欠伸をし、目を擦る姿は、実年齢よりも幼く感じる。

「どうして旦那様がわたしの部屋――ではないですね？　ここは客室だわ」

混乱しながらも、ロゼッタは状況を把握しようと部屋の中を見渡した。そしてすぐに、自分が普段掃除している客室だと認識する。

「……覚えていないのか？」

アーネストは艶然《えんぜん》とした動作で髪をかき上げ、不満そうに言った。

「えっと、確かわたしは洗濯をしていて、それから……あれ？」

「君は洗濯中に倒れたんだ。医者からは風邪を引いたと言われた。軟弱者だな」

「も、申し訳ありません！　お医者様まで呼んでいただいたなんて……代金は給料から引いてください」

ロゼッタは顔を真っ青にして頭を下げた。

アーネストは不機嫌さを隠さず、いつもよりも深く眉間に皺を寄せた。

「必要ない。君が私のことを、病気の使用人を医者に診《み》せることができないほどの甲斐性なしだと周囲に思わせたいのなら、話は別だがな」

「すみません、旦那様」

自分の良かれと思った言動が、アーネストの貴族としての矜持を傷つけてしまった。ロゼッタはがっくりと肩を落とす。

「私は君に謝罪など求めていないのだが？　少し考えれば分かるはずだ。他に言うべきことがあるだろう」

　高圧的に言うアーネストだったが、チラチラと何かを期待するようにロゼッタを見る。

　ロゼッタはしばらく黙考し、もしかしてと言葉を紡ぐ。

「ありがとうございます、旦那様」

「分かれば良い」

　アーネストは微笑を浮かべ、すぐに元の気難しい顔に戻る。そしてロゼッタへ、白い紙包みを押しつけた。

「……これを食べろ」

　ロゼッタは訝《いぶか》しみながら、白い紙包みを開ける。そこにはハムとレタスのサンドウィッチがあった。

「……普通のサンドウィッチですね」

「普通で悪かったな。私が作ったサンドウィッチがそんなに不服か？」

「旦那様が作ったのですか⁉」

　貧乏貴族ならばいざ知らず、筆頭貴族のアーネストが料理をすることに、ロゼッタは驚愕する。

　アーネストはそんなロゼッタの様子を見て、不満げに鼻を鳴らした。

「嫌なら捨てれば良い」

「いいえ、そんなことはありません。いただきます」

　ロゼッタのために、アーネストが手ずから作ってくれたサンドウィッチを、食べない選択肢はない。

ゴクリと喉を鳴らすと、そのままサンドウィッチに齧り付く。

「……おいしい」

パンはしっとりふわふわ。薄切りのハムは何層にも重ねられ、シャキシャキのレタスと合わさり最高の食感だ。普通においしいサンドウィッチだった。

「そうか。初めて包丁を握った私でも作れたのに、ティナはどうしてあんなにも料理が下手なのか……」

「ティナは、料理に余計なアレンジをしようとするのがいけないのだと思います」

ロゼッタはアーネストと会話をしながら、ぱくぱくとサンドウィッチを食べ進める。

そして、すべて胃に収めたところで、アーネストが水の入ったグラスと薬包を取り出した。その時、彼の手が赤く、たくさんの切り傷があるのを見つける。

「ほら、薬だ。よもや飲めないなど、子どものようなことは言わないだろう?」

「い、言いません！　わたしを何歳だと思っているのですか」

からかうアーネストからグラスと薬包を引ったくると、ロゼッタは風邪薬を飲んだ。以前飲んだ薬よりも粒子が細かく、苦みも少ない。とても上質な薬だということが分かる。

（……こんな貴重なものをくださるなんて……）

戸惑いながらアーネストを見上げる。彼は切なげにロゼッタを見下ろしていた。

「本当に何も覚えていないのか？」

「倒れた後のことですか？　申し訳ありませんが、まったく記憶にございません。もしや、何か粗《そ》相《そう》をしましたか？」

「……君は魔女よりも質が悪い女性だな！」

アーネストは椅子から立ち上がると、怒りにまかせてロゼッタを罵《のの し》った。

「わたし、やはり何か粗相を⁉　……うーん。やっぱり思い出せないわ」

倒れてからの記憶が、やはりすっぽりと抜け落ちている。まるで酒に酔っていたみたいだ。

それでも必死に思い出そうと唸《うな》っていたが、痺れを切らしたアーネストがブランケットをロゼッタの頭にかけた。

「もういい！　さっさと眠ってしまえ！」

「でも、仕事が……」

ブランケットから顔だけ出したロゼッタを、アーネストは睨み付ける。

「仕事だと？　この私が付きっきりで看病したというのに、また体調を悪化させたいというのか……？」

「あ、いいえ。そうではなくって、わたしは身体が昔から丈夫な方で、風邪なんてめったに引かないし……たとえ風邪を引いても、一晩寝れば治るんです。ほら、今みたいに！」

そうロゼッタは力説するが、アーネストは胡散臭そうに嘲《ちょう》笑《しょう》した。

「昨晩の君の状態を見たら、そんな戯《ざ》れ言はとても信じられないな」

「……わたし、本当に何をやらかしたのよ！」

ロゼッタは頭を抱えた。だが、やはり昨晩のことは思い出せない。

「君には三日間の休暇を与える。拒否は許さん。雇い主からの命令だ」

アーネストはそう言うと、扉へと歩き始めた。

ロゼッタは慌てて声を上げる。

「待ってください、旦那様！」

「うるさい。せいぜい、ブランケットから出ずに養生することだな、ロゼッタ！」

アーネストはビシッと指をさして叫んだ。

ロゼッタは呆然と彼が退室する姿を見送った。

「……いつから旦那様がわたしの名前を呼ぶようになったのかしら？」

誰もいなくなった部屋で、蓑虫《みのむし》のようにブランケットを身体に巻き付けながら、キャビネットの上に置いてあるタオルと水の入ったタライ、そして弱い火が揺らめく暖炉を見た。

「ずっと旦那様がわたしを看病してくれていたのね」

ロゼッタは人に頼ることが苦手な女の子だった。風邪を引いた時、本当は傍に両親がいてほしかったけれど、ロゼッタよりも重篤《じゅうとく》な病に苦しむアリシアを差し置いて、そんな我が儘を言うことはできなかった。

こんなふうに一晩中看病をしてもらったことはもちろんない。

「旦那様は口は悪いけれど、本当は優しい人なのかも――いいえ、とても優しい人だわ」

雇い主に看病をさせるなんて、使用人として恥ずべきことのはずなのに、心には温かな気持ちが広がっていた。胸に手を当てて、ドクドク脈打つ鼓動を確かめる。

「……ありがとう、アーネスト様」

ロゼッタは悪戯をするかのように、こっそりと温かな気持ちをくれた彼の名を呟いた。

☆

三日間の休養の後。完全復活したロゼッタは、侍女の仕事に戻っていた。

アーネストとフェイの間で仕事の見直しがされたらしく、洗濯の半分は業者に委託され、部屋の掃除も日常に使う場所以外は、日を分けて掃除することになった。

だが、ロゼッタの仕事は減っただけではない。正式にアーネストの料理を作ることになったのだ。

アーネストは毎朝、食堂に来てロゼッタたちと同じものを食べる。公爵なのだから、別に凝った物を作り、部屋に運ぼうと思ったのだがそれは全力で拒否されてしまった。

こうして、食堂で使用人と一緒に朝食を食べるカルヴァード公爵が誕生した。

「旦那様、ニンジンが残っています。子どもじゃないんですから、ちゃんと食べてくださいね」

ロゼッタはアーネストのスープ皿に残されたニンジンを目敏《めざと》く見つけて注意する。

「なっ、ふざけたことを言うな。私は……そう、好きなものは最後に残しておく質なんだ」

そう言って、アーネストはニンジンをまとめて口に放り込む。そして顔を歪ませながら、ニンジンを嚥下《えんげ》した。

（……別に残してもいいのに）

ロゼッタのことなんて気にしないでニンジンを残せば良いのに、アーネストは律儀な人だ。

「旦那様ったら、いつの間にニンジン嫌いを克服したのぉ？」

ティナが噴き出すと、アーネストはロゼッタを見ながら焦り出す。

「余計なことを言うな！」

「あはは、怖い怖い」

「今日のおやつはキャロットケーキなんてどうですか？」

笑い出すティナの隣で優雅にお茶を飲んでいたフェイが、面白そうな顔で言った。

この二人は遠慮がなさすぎるんじゃないかとロゼッタは思うが、アーネストは特に気にしていないのでいいのだろう。

「妙案だわ。苦手な野菜は好きなものに入れると、誤魔化しがきくのよ」

ロゼッタも少しアーネストをからかってみることにした。

「お前たち、私がここにいることを忘れていないか？」

案の定、不満げなアーネストに、ロゼッタは小さく笑ってしまう。

使用人がからかっても不満しか言わないアーネストが、気に入らない使用人を殺す悪逆非道の公爵だと、どうして思っていたのだろうか。

ロゼッタは自分の視野の狭さを反省した。

「さて、こうして同じ食卓を囲み、ロゼッタ嬢の作った料理を食べているんですから……そろそろ、我々の事情をお話ししてはどうでしょう?」

フェイは咳払いをすると、真剣な声音で言った。

「そうだな」

アーネストはゆっくりと頷く。

「ロゼッタ、このカルヴァード公爵家に来てから疑問に思ったことがあるだろう?」

「確かに色々ありますが……最初に疑問に思ったのは、使用人があまりにも少ないということでしょうか。旦那様が人嫌いだったとしても、屋敷を維持管理できるだけの最低限の使用人はいるはずです」

「その通りだ。つい、一月前までは何十人という使用人がこの城で働いていた」

「……カルヴァード公爵は、働いている使用人たちが少しでも気に入らないことをすれば殺してしまう……という噂を聞いたことがあります。もちろん、それが真実ではないことは知っています」

ロゼッタが断言すると、アーネストは苦虫を噛み潰したような顔をした。

「気に入らない使用人を追い出す……という点では正解だな」

「……アーネスト様」

「悪かった、フェイ。言葉の綾《あや》だ」

アーネストはそう言うが、フェイは険しい顔をした。

「あなたは自分を卑下し過ぎです。ロゼッタ嬢、アーネスト様は正当な理由があって使用人を追い出しました。もっとも、それは以前働いていた使用人の半分だけ。もう半分は、自らこのカルヴァード公爵家を去って行きました」

「敵に寝返るなんて、使用人として一番使えないよねー」

ティナは、カラリとした表情で辛辣《しんらつ》に言った。

アーネストは深く溜め息を吐く。

「……自ら去っていた者は、まだ私に忠義を尽くしてくれただろう。奴に脅され、家族を人質に取られた者だっている」

「旦那様は自分に向けられた悪意に対して寛容すぎぃ。あの方だって、さっさと始末してしまえば——」

「ティナ！　そう簡単な問題ではないのです」

「はいはい、ごめんなさーい」

フェイが珍しく声を荒げ、ティナを窘《たしな》める。

ロゼッタは勇気を振り絞り、アーネストたちに問いかける。

「あの、どうして屋敷に残った使用人の方が不忠の使用人なのですか？」

忠誠心の高い使用人は屋敷に残るのが普通ではないのだろうか。ロゼッタの考えを否定するように、フェイは首を横に振った。

「残った使用人はあの方のスパイだったのです。アーネスト様を監視し、場合によっては妨害や暗殺を企《くわだ》てるために残りました」

暗殺という普段聞かない言葉に動揺するロゼッタだったが、それを心に押し込めて、冷静な振りをする。

　カルヴァード公爵家のことを侮っていたのかもしれない。問題の規模が、レイン男爵家とは違いすぎる。

「だから、旦那様は不都合があっても使用人たちを辞めさせたのですね。それと……先ほどから、『奴』や『敵』、それに『あの方』と言っている方は、同一人物ですよね？」

「そうだ」

「誰か、聞いてもよろしいですか？」

　ロゼッタが恐る恐る問いかけると、アーネストの眉間に深い皺が刻まれた。

「……私の叔父。グラエム・カルヴァードだ」

　アーネストの叔父の話題なんて、今まで出なかった。

　両親は死んでしまったと聞いていたので、ロゼッタはてっきり身内は誰もいないのかと思っていたのだ。

（複雑な事情なのかしら？）

　アーネストたちの雰囲気から言って、グラエムのことを嫌っているように思える。

　どんな人なのだろうかと想像していると、フェイが申し訳なさそうにロゼッタを見た。

「初めは、ロゼッタ嬢がグラエム様のスパイだと思っていたのです」

「そんなことを思っていたのですか⁉」

　ロゼッタは目を見開き、驚愕を露《あら》わにした。

しかし少し考えて、フェイの考えに納得する。

「あ、でも……確かに不審ですよね。姉のアリシアの代わりに、わたしが侍女募集に応じるなんて。でも、姉ではカルヴァード公爵家で侍女として働くことは難しかったでしょうし、わたしが来て正解だったでしょう」

「ロゼッタ、君は侍女募集だと思ってカルヴァード公爵家に来たのか？」

アーネストは眉を上げ、訝しげな表情を浮かべる。

「手紙まで送ってくださったのに、何を今更？」

アーネストに疑われたのが腹立たしくて、思わずキツい口調で答えてしまう。

しかし、彼はロゼッタの態度を気にする余裕もないのか、額に手をあてて顔を青くさせる。

「おい、ちょっと待て。情報を整理したい。そもそも私が送ったのは――――」

「敵襲」

アーネストが言い終わる前に、ティナがスッと立ち上がり短く言った。

ロゼッタは何が何だか分からず、目をぱちくりとさせる。

そして、数秒後。食堂に聞こえるほど強く、エントランスの扉が叩かれた。

「おい、いるんだろう⁉　酷いなぁ、私の可愛い甥《おい》は。城下町にも入らせようとしないんだから。ほら、アーネストが大好きなグラエム叔父様が来たよ！」

聞き慣れない男の声に最初は首を傾げるロゼッタだったが、『叔父』という言葉にすぐさま敵襲の意味を理解した。

「直接乗り込んできたの⁉」

今、この城にはアーネストを含めて四人しかいない。ロゼッタにいたっては、刃物はハサミと包丁しか握ったことのない非戦闘員だ。まして、エントランスからこの食堂はとても近い。とても敵を退けられるとは思えなかった。

焦るロゼッタを尻目に、アーネストは苦虫を噛み潰したような顔をする。

「くっ、ついに来たか。城下町には検問を敷いて、絶対に叔父上を入れるなと言っていたのだが！」

「もしかすると、荷箱の中にでも隠れて入ってきたのかもしれません。さすがにすべての箱を詳しく調べることはできませんから……」

「玄関には鍵がかかっている。このまま居留守を使うしかあるまい」

アーネストの提案に、ロゼッタたちは素直に頷いた。

しかし、襲撃の手は緩まない。

「居留守かい？　アーネストがこの城にいることは把握済みなのだよ。大人しく開けたまえ。もしかして、手ぶらで来たのかと思っているのかい？　それなら安心したまえ。可愛い系に美人系、清楚、淫乱、甘え上手、童顔、熟女まで、とびっきりの令嬢や姫のお見合い肖像画を持って来た。皆、性格は最悪だが、見た目と身分は極上だぞ！」

「……本当に最悪だ」

アーネストは頭を抱えて唸った。

「なんて凄まじい攻撃なの！」

確かに性格最悪な女性のお見合い肖像画を身内に勧められるのは、かなり精神に堪《こた》えるだろう。

ロゼッタは苦しげなアーネストの背中を必死に擦《さす》った。

「たぶん、今回はあの方の単独行動。今なら、捕まえられるけど？」

「どうしますか、アーネスト様」

ティナとフェイは恐ろしいほど冷静だった。もしかしたら、グラエムの襲撃に慣れているのかもしれない。

「やめろ、ティナ。武力行使でもしたら、それこそ叔父上の思う壺だ。騒ぎ立てて、もっと大事になるに違いない。ここは無視が一番だ」

アーネストは脂汗をかきながら胸を押さえた。

すると襲撃者は、さらなる爆弾を投下する。

「まだ寝ているのかい、アーネスト！　仕方ないな。君が目覚めるように、昔話でもしようか。アレはまだアーネストが五歳の時。しょうもない幽霊話をした夜、君は本気でそれを信じてベッドから出られずにそのまま――――」

「うわぁぁぁああああ！　言うな！　それ以上、私を侮辱するな！」

アーネストは城中に聞こえるほどの大きな声で叫んだ。

「ああ、やっぱりいるんだね。ほら、アーネスト。早く開けてよ」

グラエムの意地の悪い声が聞こえる。顔は見えないが、とてもいやらしい笑みを浮かべているに違いない。

ロゼッタはアーネストに心底同情した。

「……どうするんです、アーネスト様？」

フェイは少し苛立たしげに言った。

「くっ、かくなる上は予定通りに……人は違うが……」

アーネストたちの視線が何故かロゼッタに向けられる。

「……えっと、わたしが何か？」

嫌な予感がして背に冷や汗が伝う。

「ロゼッタ！」

「ひゃいっ」

アーネストはロゼッタの肩を両手で掴み、ぐっと顔を寄せてきた。

目つきは鋭いが、やはりアーネストの顔は整っている。睫毛《まつげ》なんて、お人形のように長い。

現実逃避をするためにそんなことを考えていると、アーネストが鬼気迫る様子で口を開く。

「私の婚約者になれ」

「お断りします！」

アーネストは床にがっくりと膝をついて、どんよりとしたオーラを出し始めた。

（は、反射的に断ってしまったわ）

だって、アーネストの顔は今まで見た中で一番怖かった。思わずロゼッタが断ってしまうのも仕方のないことだろう。

「旦那様？」

だが、アーネストの落ち込み具合が酷い。

ロゼッタが震える手で彼の肩を揺するが、床を見つめたままピクリとも動かない。

「今のはないですね」

「ないね。ロゼッタ、いくらなんでもその断り方は酷いよ。一人前の女なら、遠回しにやんわりと……でも、相手が勘違いしない程度にキッパリとお断りしなきゃ」

「ご、ごめんなさい」

ロゼッタはあたふたしながらティナとフェイに謝る。

（でも、どうして旦那様はこんな状況でわたしに求婚したのかしら？　まあ、冗談でしょうけれど）

ロゼッタは腕を組み、黙考する。そして結論に至る。

「よく考えれば、旦那様がわたしに求婚するはずないわ。あ、分かった。わたしを偽の婚約者に仕立てて、グラエム様を追い出すということね」

ポンと手を叩き、ロゼッタは晴れやかな顔で言った。

モヤモヤとした疑問が解決するのは、とても気分がいいものだ。

「そうだ！」

ロゼッタの勘違いを正すことができて安心したのだろう。アーネストは勢いよく立ち上がり復活した。

「もちろん、偽の婚約者を演じてもらうからには、タダとは言わない」

「臨時報酬ですか、旦那様！　それとも特別手当ですか⁉」

「うっ……特別手当だ！　長期戦になるかもしれないからな」

「わたし、頑張ります！」

ロゼッタは目を輝かせて頷いた。

給金が増えるのは良いことだ！

「ちょっと、ロゼッタ。いいの？　偽の婚約者になったらさぁ……」

ティナがロゼッタを心配そうに見つめる。

「わたしの経歴に傷がつくことを心配しているの？　大丈夫よ、ティナ。旦那様なら、偽の婚約期間が終わった後もきちんと考えてくれているはずだわ。平凡でも優しい男性を紹介してくれるかもしれないし」

一瞬、胸の奥がまたモヤモヤした気がしたが、ロゼッタはそれを気のせいだと片付ける。

ティナはケラケラと笑った。

「あはは！　ロゼッタってば、おもしろーい」

「……いつまで談笑しているつもりだ」

「旦那様を怒らせちゃったみたい」

ティナはペロリと舌を出すと、ロゼッタの後ろに隠れた。

「名誉あるカルヴァード公爵の婚約者を演じるのだ。さっさとロゼッタを見られる格好にしてこい。叔父上を抑えるのは十分が限界だ」

「かしこまりましたー」

ティナはロゼッタの手を掴んで走り出した。

「ちょっと、ティナ！」

ロゼッタはそのまま、ティナの部屋に連れて行かれた。

部屋の中は物が散乱し、少し歩きにくい。彼女は掃除が苦手なのだと再認識した。

「少しぐらい、部屋を片付けたらどう？」

「別にどこに何があるのか、ちゃんと把握しているから必要ないよ」

「転んでも知らないわよ」

「はーい、黙って」

ロゼッタの説教を遮るように、ティナが言った。

その瞬間、ロゼッタに大きな布が被せられ、視界が真紅に染まる。息苦しさに驚くロゼッタだったが、すぐに布から顔を出すことができた。

「この穴から腕を出してね」

ティナの指示通りに腕を出すと、ヒラヒラとした袖が現れる。ロゼッタはいつの間にかドレスを着ていたのだ。

「このドレス変わっているわね。とっても動きやすいわ」

ドレスを着るのは下手をすれば、何時間もかかってしまう。それなのに、このドレスは一分もかからずに着用できた。

鮮やかな真紅のドレスは普段なら大人っぽくて気後《きおく》れしてしまうが、このドレスはフリルや可愛らしいリボンも付いていて、ロゼッタが着ても不自然ではないだろう。

「変装用に使うドレスだからね。着脱が簡単なんだよ」

ティナの言葉にロゼッタは納得する。

ドレスのことだけではない。ティナはただの侍女ではなかったのだ。おそらく、高貴な身分の人が傍に置く、護衛などを担当する侍女の類《たぐ》いなのだろう。それならば、料理が下手でも、掃除が苦手でもティナが侍女であることに頷ける。

「髪は……夜会でもないし、そんなに凝ったものじゃなくても不自然じゃないね」

ロゼッタのチェリーレッドの髪を丁寧に櫛《くし》で梳《す》くと、ティナは慣れた手つきでハーフアップにしていく。

「なんか地味だな。あっ、そうだ。奥様の宝飾品のとびっきり高い髪飾りを使っちゃおー」

ティナはワクワクした顔で言うと、部屋から出て行った。

そして一分も経たずに戻ってくると、大粒のエメラルドが嵌められた銀細工のバレッタを、ロゼッタの髪に留めた。

「ちょっと、ティナ！　旦那様に許可を取らなくていいの？」

「動かない、動かない。次は化粧だよー」

焦るロゼッタのことなどお構いなしに、ティナは化粧を始める。

白粉《おしろい》や口紅の他に、ロゼッタの知らない器具で睫毛を挟み込まれたり、金の混じった練り物を瞼につけられた。

「はい、できた！」

為《な》されるがままだったロゼッタは、ようやく安堵の息を漏らす。

本当に大丈夫なのか心配になり、くるりと振り返って鏡に自分を映す。そこには知らない令嬢が立っていた。

「……別人みたい」

猫っ毛でいつもセットに手間どっていた髪は、ふんわりと弾むようなハーフアップに纏められていた。化粧は濃すぎず、明るく可愛らしい印象を与える。

真紅のドレスやエメラルドの髪飾りに負けないぐらい、ちゃんとした貴族令嬢になっていた。

（……なんだか、小動物系の可愛くて優しい一般的な貴族令嬢に見えるわ。貧乏男爵家で逞しく育ったわたしとは思えない。女性って詐欺ね）

今なら、家事なんて一つもしたことがなく、趣味は刺繍や音楽だと言っても信じてもらえそうな気がする。

これならば、アーネストの偽婚約者と言っても信じてもらえるだろう。

「いやぁ、ロゼッタは元が良いから化粧の時間短縮になったよ」

「そんなわけないでしょう。完全にティナの詐欺技術のおかげよ」

「ちなみに、お婆ちゃんになる化粧もできるよ」

「……本当の詐欺はやらないでね」

ロゼッタは胡乱《うろん》な目で見るが、ティナは相変わらず笑ったままだった。

「あ、そろそろ約束の十分になるね。急ごう、ロゼッタ」

「ええ！」

時計を見れば、ティナの言った通り十分しか経っていない。

もう一度鏡で詐欺令嬢を見ると、ロゼッタはティナと共にエントランスへと向かい、ホールにある階段の上からこっそりと顔を出す。もうグラエムが帰っていればロゼッタの出番がなくて安心できたのだが、残念ながらまだお帰りになっていないようだ。

エントランスで、まだアーネストとグラエムは揉めていた。

「それにしても、結局アーネストの使用人はこのフェイしか残らなかったのかい？　相変わらず人望のないことだ。その点、私には最近新たな使用人がたくさん増えたよ。そう言えば、全員この城でよく見かけた顔だったな」

白髪交じりの黒髪の少しふくよかな初老の男性が、アーネストを鼻で笑う。

確実にあの人がアーネストの叔父のグラエムだ。

「白々しい。叔父上は、人の物が欲しくなる悪癖を直した方が良い。人の手垢がついたものが好みとは、理解に苦しみますね」

アーネストも負けていない。グラエムを小馬鹿にするように嘲笑を浮かべる。

「別に人の物なんて欲しくないさ。アーネストの物だからこそ欲しくなる。私はお前の苦しむ顔が大好きなんだ」

「ほう？　こちらとしては、爺《じじい》に付きまとわれても鬱陶《うっとう》しいだけなんだがな」

大人なのに、子どものように罵り合う二人を見て、ロゼッタは緊張よりも呆れが勝った。

（……この険悪な雰囲気の中、いかなくてはいけないの？）

ロゼッタはゲンナリした顔で階段の手すりに寄りかかった。

このまま侍女の仕事に戻りたい。

しかし、それをティナは許さず、ぐいっとロゼッタの腕を引っ張り上げた。

「行くよ、ロゼッタ！」

「分かったわ」

ロゼッタはスカートのドレープを整えると、階段を躓《つまず》かないようにゆっくりと降りていく。

「あら、これはいったいなんの騒ぎですか？」

たった今到着しましたと言わんばかりに、白々しい笑みを浮かべる。

ロゼッタの頭の中では、一応レイン領で母親から受けた淑女教育を必死に思い出していた。

「……君はいったい誰だ？」

グラエムはロゼッタを見て、不快感を隠さず問うた。

階段を降りきると、ドレスの裾を摘まみ、淑女の礼を取る。

「レイン男爵家が次女、ロゼッタです。あなた様は……」

「私のことを知らないのかい？　アーネストの叔父のグラエム・カルヴァードだ」

「まあ！　だん――アーネスト様の叔父様でしたか。挨拶が遅くなり、大変申し訳ありません」

危うく婚約者の設定なのに、旦那様と言うところだった。どうにか誤魔化し、ロゼッタはできるだけ上品に見えるように微笑んだ。

「いやいや。突然押しかけた私が悪いからね。そこは大目に見よう」

グラエムもまたロゼッタに微笑みを返す。

しかしそれはあからさまな作り物だ。彼がロゼッタのことを歓迎していないことをヒシヒシと感じる。

「……ロゼッタ」

隣から小さく自分の名前が聞こえる。

見上げれば、いつもより少し頬が上気しているアーネストがいた。……正直に言うと、彼の存在を忘れていた。

「どうしたのですか、アーネスト様」

内心を誤魔化すように、小首を傾げる。

するとアーネストは口に手を当てて、ロゼッタから視線を外した。

「と、とても……いいや、今日も愛らしいな」

笑いを堪えているのだろうか。

でも確かに、普段のロゼッタとの落差が激しく、詐欺だと笑いたくなる気持ちは分かる。

「ありがとうございます。今日のアーネスト様は特別素敵ですよ」

ちょっと意地悪をしてやろうと、いつもと変わらないアーネストを褒めてみた。

すると、彼はゴホゴホと咳き込みながらロゼッタに背を向けてしまう。

(そんなに笑わなくてもいいと思うのだけど！)

ロゼッタがムッとしていると、グラエムから冷たい視線を感じた。

「……君たち、私のことを忘れてはいないかい？」

「おや、まだいたんですか叔父上」

アーネストはパタパタと赤くなった顔を煽《あお》ぐ。

彼の瞳は『帰れ！』と言っているように見えた。ついでにロゼッタたちも帰れオーラをグラエムに向けて発する。

「当たり前だ。まだ話は終わっていないからね」

グラエムは満足そうに頷き、ティナとフェイを指さした。

「さあ、そこの侍女と執事。今から私とアーネストが大事な話をするから、お茶の準備を頼むよ！まったく、最近の若者は気が利かなくて困るよ」

アーネストが止める暇もなく、グラエムはズカズカとカルヴァード公爵家に上がり込む。ロゼッタとアーネストは、グラエムの後ろに付いていった。

城の中を熟知しているのか、グラエムは迷いなく応接室に入る。

「ところでアーネスト。どうして、レイン男爵家のお嬢さんもここにいるんだい？　私はお前と話がしたいと言ったのだが？」

グラエムは応接室のソファーにドカリと座り、アーネストはその向かいのソファーに腰を下ろす。

「せっかくの休暇です。ロゼッタと一秒たりとも離れたくないのです。朝から年寄りのどうでも良い話を聞かされる、私の気持ちが分かりますか？」

部屋から出た方がいいのか判断のつかなかったロゼッタだったが、アーネストが手招きをするので、彼の隣にちょこんと座る。

なんだか気恥ずかしくて、ロゼッタは頬を薔薇色に染めた。

「分からないね！　年長者の話は聞くものだよ。とても勉強になるからね」

「古い知識は新しい世の中に通用しないと思いますが」

「生意気な子は嫌われるよ？　あっ、もう遅いか。アーネストは社交界の嫌われ者だもんね」

そうグラエムが言った瞬間、ピクリとアーネストの眉が動く。

あまり言ってほしくない内容だったらしい。

「……それで、用件は？」

「さっき言っただろう？　お前に似合いの女性を紹介しに来たんだ」

苛立たしげなアーネストに、グラエムはニンマリと不気味な笑みを向ける。

そしてグラエムは懐《ふところ》から、ダークブラウンの髪の綺麗な女性の肖像画を取り出してテーブルに置いた。

「こちらの公爵家秘蔵の令嬢。清楚なのは外見だけで、人の上に立ちたがる傲慢な性格だ。人の弱みを見つけるのが得意で、従わせている令嬢がたくさんいて色々と便利だろう」

「……性格の悪い女は御免だ」

アーネストは至極真っ当な拒絶を見せた。

グラエムはやれやれと呆れた目で彼を見ると、再び懐から女性の肖像画を取り出す。今度は、豊満な身体を持つ二十代後半の美人だった。

「我が儘だなぁ。じゃあ、この女性はどうだい？　夫だった伯爵の死後、鉱山と広大な領地を相続した未亡人！　まだ若いし、色気のある貴婦人だ。彼女と結婚すれば、カルヴァード領も合わせて、この国の六分の一の領土を治めることができるよ？」

「……金も土地もこれ以上いらない。管理が面倒なだけだ」

「アーネストは理想が高すぎるな。でも、この方だったら嬉しいんじゃないか？」

グラエムは艶やかなブルネットの髪を持つ、淑《しと》やかな美少女の肖像画を出した。

物語のお姫様のように可憐で、ロゼッタはその肖像画にしばし魅入られてしまう。

「男が一度は憧れるお姫様だ。隣国の側室腹の姫なんだが、王位継承権もあるし、何よりこの儚げな美しい容姿！　しかも性格も温厚で大人しく、出しゃばらない。政治のこともほとんど分からないから、余計なことも言わないで黙って後ろをついてくる。男にとって、これほど都合のいい妻はいないね」

グラエムの言っていることは、ゲスの極みだった。

短時間しか接していないロゼッタでも分かる。この男は最低だ。

「……身分だけ高くて、中身のない人形なんて興味が持てないな」

「アーネストは面倒くさい男に成長しちゃったなぁ。結婚とは、時には妥協《だきょう》も必要なんだよ？　あ、でも相手の身分や資産は妥協しない方がいいぞ。結婚した後、苦労するから」

あからさまにロゼッタを意識しながら、グラエムは言った。

（嫌な感じね。身分があっても浪費癖があったりするのよ。身分や資産以外も重要だとは思うけど）

そう思うが、ロゼッタの心は傷ついていた。

貧乏なレイン男爵家に生まれたことを後悔したことはない。慎ましいが、家族仲はいいし、領地も平和そのもの。だけど……そんなものはきっと、カルヴァード公爵のアーネストにはいらないものだ。

「……叔父上。いい加減、気がつかないのか」

「気づくって何に？」

アーネストは突然、ロゼッタの腕を引っ張り、自分の腕と絡《から》めた。抱き合っているようにも見える姿に、異性になれていないロゼッタは混乱する。

「私にはロゼッタがいる。他の女などいらない。余計なお世話だ」

「……アーネスト様」

お芝居だと分かっているのに、ロゼッタは嬉しくなってアーネストの腕をキュッと掴んでしまう。

「君たちはどんな関係だと言うのだい？」

「婚約者だ」

「な、なんだってぇぇえええ⁉　こんな身分もない、顔も特別綺麗でもない、芋臭《いもくさ》い田舎娘が私の可愛いアーネストの婚約者⁉」

グラエムの芝居がかった叫びが響き渡る。

応接室はシンと静まり返った。

アーネストは怒りからか、唇が白くなるほど噛みしめている。

（……でも、そうよね。わたしなんかじゃ……）

ティナのおかげですごく可愛くなったと思っていたロゼッタだったが、それでも生まれながらの高貴な貴族令嬢やお姫様には敵わないのだろう。分かってはいるが、少し落ち込む。

そんなロゼッタを見て、アーネストはテーブルに身を乗り出す。そして見合いの肖像画ごとテーブルを強く叩いた。

「私にとってロゼッタは、かけがえのない人だ。優しく、強く、働き者で……二人っきりの時は可愛く甘えてくる。こんなに可愛くて愛らしい人を私は知らない」

アーネストに甘えた記憶はないが、彼が精一杯ロゼッタを庇《かば》ってくれていることは伝わってくる。

（そうよ。旦那様がここまで言ってくれているんだもの。わたしだって、堂々としなくちゃ！）

ロゼッタの笑顔がふわりと花開いた。

「わたしもアーネスト様のことをお慕いしております！」

「……ロゼッタ」

アーネストは慈《いつく》しむようにロゼッタの頬を撫でた。

「ふんっ。そんな猿芝居には騙されんぞ。どうせ、私と関係のない辺境の貧乏男爵家から脅して連れてきたんだろう？」

グラエムの言葉に、ロゼッタの肩はびくりと跳ねる。

「お前のすべてを受け入れてくれる令嬢などおらんよ。だったら、カルヴァード公爵家により有利になる人と結婚しなさい」

「美貌や身分、それに資産がカルヴァード公爵の有利になると？　それは叔父上の野心を満たしたいだけでしょう」

「私の野心は、カルヴァード公爵家の野心でもある」

「ふっ、身分ある女と結婚して、王家を討ち果たせと？　馬鹿馬鹿しい」

アーネストの言葉に、ロゼッタは驚愕する。

（……確かにカルヴァード公爵家が王座を狙っているという噂があったけれど、それは旦那様ではなく、グラエム様の思惑だったのね）

しかし、アーネストは王座など狙ってないという。ならばグラエムの独りよがりということだ。

それなのに、彼はどうして確固たる自信を込めた笑みを浮かべるのだろう。

「カルヴァード公爵家はそれだけの権力と資産がある。お前の母は王妹だ。血統だってある。愚かな先王や、今の不甲斐ない王や王太子などよりも、ずっと強き王となる素質がある。私がそう育てた」

「私は望んでいない」

「だとしても、反王家思想のものは着々とカルヴァード公爵家に集まってきている」

それは内乱が始まるということだろうか。

貧乏男爵令嬢の身には余る話の大きさに、僅かに手が震える。

「カルヴァード公爵家ではない、叔父上にだろう」

「大した違いはないさ」

「私は王太子殿下の側近だ」

「そう思っているのはお前だけだ、アーネスト。貴族たちは、お前が王座を狙っていると確信している。王太子だって、お前を遠ざけようとするだろう」

グラエムがそう言った瞬間、アーネストは動揺を見せた。

「心当たりがあるようだな。そう、お前のことを愛して支えてやれるのは私だけだ。兄夫婦が死んでから、お前に手を差し伸べたのは誰だ？　貴族たちが、領民が何をしてくれた。アーネストの資産や爵位を狙い、未熟者だとあざ笑う。私はお前の苦しみをずっと見てきた。一番の理解者だ……」

「叔父上、私は……」

苦しそうに言葉を紡ぐアーネストを見て、ロゼッタは我慢ができなくなった。

彼の固く握られた拳の上にそっと手を重ねて、グラエムを睨み付ける。

「勝手なことばかり言わないでください！」

ロゼッタには権力も財力もない。政治のことだって、王都から遠く離れたレイン領に住んでいた自分には縁のない話だった。

王座を狙うと言われても、ピンとこないし、グラエムの紹介した令嬢や貴族のように、国を変える力なんてない。

(だけど……わたしは旦那様が苦しんでいることは分かるわ！)

アーネストは王座など望んでいないといった。冷たい表情でとても分かりにくいけれど、グラエムに会ってからずっと彼は泣きそうに見えた。

辛くて、苦しくて、それでもアーネストは助けを求めない。もしかすると、助けを求めることを知らないのかもしれない。

「グラエム様は、血の繋がった叔父なのでしょう？　それなのに、どうしてアーネスト様の幸せを考えないのですか！」

ロゼッタが力強く言うと、グラエムは眉を寄せゴミを見るような視線を向けてきた。

「君のような田舎貴族には分からないだろうけどね、高位貴族や王族は政略結婚が当たり前なんだよ。その恩恵を君はこの国の民として、少しは受けているとは思うけどね」

「政略結婚だったとしても、少しでも幸せになれるように努力しては駄目なのですか。初めから結婚生活が破綻すると分かっている相手と、どうして結ばれなければならないのです？」

国同士の思惑が絡むのなら、どうしても避けられない政略結婚もあるだろう。だが、グラエムの勧めてくる相手は、高貴で資産のある身分というだけだ。

それならば、アーネストのことを大切に思ってくれる令嬢を探したっていいじゃないか。

「アーネスト様は極悪非道、王座を虎視眈々と狙う貴族と言われているのです。わざわざグラエム様に結婚相手を見繕ってもらわなくても、好きな女性ぐらい自分で狩って来られます！」

「……ロゼッタ。それは私を庇っているつもりなのか？」

アーネストはなんとも言えない表情でロゼッタを見た。

「まるで、アーネストが今から女性を狩ってきてもいいみたいな口ぶりだね？」

「も、物の例えです。わたしはその……実体験を言ったまでです！」

「つまりアーネストに狩られた後だと」

「ぶふっ」

アーネストは不自然に咳き込むと、何か言いたげにロゼッタを見つめた。

すると、グラエムが腹を抱えて笑い出す。

「くっ、はははは！　面白いね、君は。でも、だからこそ危険だ。アーネストには相応しくない」

「相応しくないのはどちらですか」

ロゼッタは最初の頃の猫かぶりを止めて、ムッとした表情をする。

「言うねぇ。見た目とは違って、気の強いお嬢さんだ」

口調は穏やかだが、グラエムの表情はゾッとするほど冷えたものだった。

「失礼いたします。お茶をお持ちしました」

ティナが普段とは打って変わって、楚々《そそ》とした佇まいでお茶を運んできた。

ロゼッタとアーネストは、同時にビクリと身体を硬直させる。

（ティナの淹れたお茶？　大丈夫なのかしら。でも、お湯と茶葉しか使わないから……それ以外使っていないわよね？）

訝しむロゼッタの前に、ティーカップが置かれる。

色は一般的な紅茶のような澄んだ赤茶色。強い香りは今のところない。

（……意外とまともそうね）

ロゼッタはアーネストと視線を交わすと、一緒にお茶を飲む。

一応、貴族のマナーとして、出したお茶はもてなす側が先に飲まなくてはならない。毒がそのお茶に入っていないことを証明しなくてはならないからだ。

「……なんというか安心する味ですね」

「ああ、ホッとするな」

来客も飲むから気を遣ったのか、いつものティナの料理のような、強烈な薬品臭やスパイスの刺激はお茶からは感じられない。

だが、複数のハーブをブレンドしたのか、胃薬のようなスッとした匂いに、生姜のピリリとした軽い刺激が感じられる。いつもの得体の知れなさとは違い、材料の想像ができるだけ安心できた。

それだけで、ロゼッタとアーネストはティナの成長を感じ、涙を流しそうになるぐらい嬉しかった。彼女が普通の料理が作れる日も近いかもしれない。

「気を抜いているところ悪いけどね、私はアーネストが結婚に承諾《しょうだく》するまでいつまでもこの城に居座るからね！」

グラエムは喉が渇いていたのか、ティナ特製のお茶を一気に飲み干した。

「へぶるしゃいっ⁉」

目玉が飛び出そうなぐらい目を見開いて、グラエムは奇声を上げる。そしてお茶を吐き出して、上着に赤茶色の大きな染みを作った。

「軟弱者だな、叔父上は」

「アーネスト！　私に何を飲ませた！」

「何って、異国の貴重なお茶だ。手に入れるのはとても大変だったのに、もったいないことをするな」

アーネストは嘯《うそぶ》くと、残っていたお茶を一気に飲み干す。

ティナの強烈な料理を食したことのある彼は、涼やかな顔のままだ。

（旦那様って優しいけれど、結構意地悪なところがあるわよね）

ロゼッタもとても美味しそうな顔で残りのお茶を飲み干し、壁際に控えていたティナに声をかける。

「おかわりをいただけるかしら。グラエム様もどうですか？　この貴重なお茶は、この城でしか飲めませんよ。時間はまだまだありますし、もっと堪能してくださいませ」

優しくロゼッタがそう言うと、グラエムは顔を真っ青にさせる。

ティナのお茶の攻撃力の高さに、ロゼッタは感心した。

「きょ、今日のところは出直そうかな」

お見合いの肖像画をそそくさと懐にしまい直し、グラエムは立ち上がると早足で扉に向かう。

そして思い出したように不敵な笑みを浮かべながら、クルリとこちらへ振り返った。

「アーネスト。この戦いはゲームだということを忘れないでくれよ」

「……ゲーム、ですか」

「そうさ。私とお前、どちらが破滅するかのな」

不穏な言葉を残して、グラエムは帰っていった。


嵐が過ぎ去った後、アーネストはぐったりとソファーにもたれかかった。

「……旦那様」

「ロゼッタ。少し、放っておいてくれ」

腕を目の上に置いて、少し弱々しい声で呟く。

ロゼッタは彼の腕を掴んでどかし、美しい真紅の瞳を開かせた。

「いいえ。放ってなどおけません。だって、あなたは傷ついている。グラエム様のことだって、嫌いじゃないのでしょう？」

そうでなければ、瞳に悲しい色を映したりしない。

「君に、私の何が分かる……」

彼はロゼッタを睨み付け、吐き捨てるように言った。

ロゼッタは怯えることもなく、アーネストの腕を自分の頬に当てる。

「分かります。あなたはとっても優しい人だって」

ロゼッタにはグラエムとの争いを解決させる力はない。だけど、アーネストの苦しみを分かち合えたらいいのに。この思いが真っ直ぐに届けば良いのに。

そう心に願い微笑んだ。

庶民派令嬢ですが、公爵様にご指名されました

第三話　公爵家の悪女な婚約者

グラエムが去った後。ロゼッタはいつものように侍女の仕事を終えると、自室のベッドに飛び込んだ。体力にはまだ余裕があるが、精神的に疲れた。サラサラしたシーツを撫でながら、俯せで枕に顔を押しつける。

「……訳ありだと思っていたけれど、想像以上だわ」

王家打倒を狙う叔父との確執なんて、田舎貴族のロゼッタには縁遠い話だ。けれど、アーネストの力になりたいと思ったからには、微力でも自分にできることはなんでもやろうと心に誓う。

気合いを入れて両頬を叩き、ロゼッタはベッドから起き上がる。するとタイミングを計ったかのように、規則正しいノック音が部屋に響いた。

「失礼します、ロゼッタ嬢」

現れたのはフェイだった。夜に彼が訪れたことはなく、ロゼッタは首を傾げる。

「こんな時間に珍しいですね。もしや、至急の仕事でもありましたか？」

「侍女の仕事のことではありません。こちらを受け取ってほしくて」

差し出されたのは、上流階級の人間が好みそうな黒い革張りの分厚い本だ。ロゼッタは本を受け取ると、金箔で刻印されたタイトルを読む。

「えっと『実例から学ぶ悪女育成本　初心者編』って……なんですか、この物騒なタイトルは！」

「私の愛読書です」

「……愛読書」

ロゼッタの背に、ぞわりと恐怖の波が押し寄せる。

人の趣味をとやかく言うつもりはないが、フェイという人間の知りたくもない深みを覗いてしまったような心地だ。思わず真顔になってしまうのも致し方ないだろう。

「ロゼッタ嬢には明日までにこの本を読んでいただき、立派な悪女になってもらいます」

フェイはロゼッタの態度など気にした様子もなく、淡々と告げる。

「あ、悪女って……どうしていきなり……」

「おや、乗り気ではないのですか？」

「乗り気になる女性は、大変希少な方だと思いますが……」

「ですが、是が非でもロゼッタ嬢には悪女になってもらいます。崇高《すうこう》な目的のために」

拳を握り、熱の籠った視線をフェイはロゼッタに向けた。

「……崇高な目的、ですか。わたしが悪女になることにどんな関係が？」

話が頭の中で繋がらない。頭の良い人ならばフェイの考えが理解できるのだろうか。もしもそうならば、ロゼッタは今のままの頭の出来でいい気がしてきた。

「諜《ちょう》報《ほう》活動と言えば分かりやすいでしょうか？」

「わ、わたしにそんな大それたことをやれというのですか⁉」

専門的な訓練も受けていない、ずぶの素人であるロゼッタに諜報活動なんてできる訳がない。

「ええ。城下町には検問を敷いてあり、アーネスト様の敵を侵入させないように、警戒態勢を敷いています。ですが、グラエム様は検問にかからず、難なくカルヴァード公爵家まで侵入なされた」

「侵入経路は分からないのですか？」

「……残念ながら、分かっておりません。あの様子ですと、明日もグラエム様がカルヴァード家に来る可能性が高いです」

「諜報活動というと……物語に出てくるスパイのようなものですよね？　わたしは格闘術も使えませんし、盗聴もしたことがありませんよ」

動揺するロゼッタを見て、フェイはにっこりと作り物めいた笑みを浮かべる。

「安心してください。囮役《おとりやく》です。私とアーネスト様がここを離れている間、グラエム様を引きつけていてほしいのです。敵の居所が分かっているのも好都合ですね。侵入経路を聞き出せれば尚良いです。おそらく、アーネスト様も知らないカルヴァード公爵家の秘密通路でしょうが」

「だから……その……あっ、あああ、悪女になってグラエム様から聞き出せと言うのですか⁉　無理です！」

今日の偽婚約者役でもボロが出ないように気を張っていっぱいいっぱいだったのに、悪女要素をプラスするなんて、完全にロゼッタの許容量を色々と超えている。

正直に言って、今までやってきた仕事の中で一番やりたくない。これなら、城中のトイレを顔が映るまで綺麗に磨けと命令された方がマシだ。

「あの方は好奇心旺盛ですから。悪女になったロゼッタ様を見れば、面白がって絡んでくるに違いありません」

「いえ、普通は気味悪がって相手にしないのではないですか?」

「そこはあなたが気にすることではありません。さあ、読んでください」

フェイは笑顔でページを開くように勧めてくる。ロゼッタは引きつった笑みを浮かべた。

「いや……その……実はレシピ本以外の本は苦手で……」

これは嘘だ。読書家だと公言できるほどではないが、ロゼッタは本を読むのが好きな方である。大衆向けの読みやすい物語も好きだし、貴重な古書だって興味がある。

(昔は都会の人が読む流行本を読んでみたいと思ったけれど、これだけはないわ! 何よ、悪女って。絶対に少数派向けのいかがわしい本だわ!)

ロゼッタは好奇心に負けて危険に自ら飛び込むタイプの人間ではない。上司への愛想も忘れ、取り繕うことなく嫌悪感を表情に出し、本をフェイに押し付けようとする。

そうやって最後の抵抗をしていたが、やはりフェイには意味はなかった。ひょいっとロゼッタから本を取り上げると、パラパラとページを開く。

「それならば、私が読み聞かせてあげましょう」

「え、遠慮させていただきます!」

逃げようとするロゼッタだったが、それよりも早くフェイが扉の前に椅子を置き、腰掛ける。そしてロゼッタをベッドの縁《ふち》に座るように指さした。……残念ながらここは三階で窓から飛び降りることはできない。

「そうおっしゃらずに。これでもティナが小さい時に絵本を読み聞かせていたので、自信があります。さあ、悪女になりましょう」

「嫌ですぅぅううう」

涙混じりで拒絶をするが、フェイは笑みを崩さない。

こうして、ロゼッタの眠れない夜が始まった。

☆

翌日。睡眠不足になりながらも、ロゼッタはティナと共にグラエムを迎え撃つための準備をしていた。

フェイの悪女講義は明け方まで続き、結局「初級編も碌に覚えられないとは、ロゼッタ嬢は才能がないですね。失望しました」という、悲しいのか喜ばしいのか分からない評価をいただいた。それでも悪女役を降りることは許されず、ロゼッタの胃はキリキリと痛む。

「……悪女……いいえ、フェイさんが恐ろしいわ」

「もしかしてロゼッタ、フェイの本を読み聞かせられたの？」

ティナは器用にロゼッタに深い菫《すみれ》色のドレスを着せながら問いかけた。

ロゼッタは背筋を震わせると、鳥肌が立った両腕を擦る。

「ええ。ある意味、忘れられない夜になったわ。もう、トラウマものよ！」

「分かるよー。親同士の仲が良かった関係で、あたしもフェイの読み聞かせの被害に遭《あ》ってるんだよね。嫌だって言っても止めないし、親にはフェイのおかげで馬鹿娘が賢くなったって喜ばれるし。こっちは童話のお姫様よりも、魔女や意地悪な姉ばっかり印象に残って……今じゃ本を見ると寒気がするんだよ」

「……わたしより重症ね」

夢見る幼子に対してなんて鬼畜すぎだ。ロゼッタは心の底からティナに同情した。

「あの臨場感と叫び声、それに怨念《おんねん》と恐怖の込められた悪女の演技……フェイは職業を間違えたね。舞台役者になればいいのに。絶対に見に行かないけど」

「同感だわ。悪女になりきってグラエム様の注意を引きつけろと言われるし、フェイさんは無茶苦茶よ」

「フェイからロゼッタの服装は可愛い系じゃなくて、キツいお嬢様系にしてほしいって言われたのは、そういうことだったんだ」

ティナは白粉やアイシャドウのパレットを取り出すと、ロゼッタの顔に丁寧な動作で塗りつけていく。昨日とは違って目元は青色のアイシャドウでキリリと引き締め、口紅は暗めのボルドーだ。

仕上がりに一抹の不安を感じなら、ロゼッタは目を瞑《つぶ》る。

「そうなのよ。一夜漬けで悪女なんて演じきれるかしら。でも仕事だから失敗はできないし……」

「ロゼッタは律儀だよねー。そういうところが、フェイみたいな真面目系いじめっ子に遊ばれる原因だよ」

「……わたし、遊ばれているの？」

怪訝な顔で問いかけると、ティナはケラケラと笑い出す。

「遊ばれてる、遊ばれてるー！　でも安心して。ロゼッタの性格はフェイの好みとは違うから、ねちっこくはされないと思うし」

「ちなみにフェイさんの好みの女性って？」

恐る恐るロゼッタはティナに訪ねた。

「気が強くて矜持の高い陰湿な人かな。それをいじめるのが大好きなんだよー。歴代のフェイの恋人もそんな感じ。それで耐えきれなくなった彼女にフェイが振られるのがいつもの流れだよ。ぷぷっ、馬鹿な奴」

「……それが都会の普通の恋愛なの？」

「そうだよー」

ティナは何度も頷く。

ロゼッタは化粧されていることも忘れて飛び上がった。

「え、嘘でしょう⁉　そんな恐ろしいこと……」

「うん、嘘だよー」

「ちょっと、ティナ！」

ロゼッタが詰め寄ると、ティナがお腹を抱えて笑い出した。

「あはは、怒らない怒らない。話を戻すとね。あの御方の注意を引きつけるという点では、フェイの策は有益だと思うよー」

「わたしが悪女になる作戦が？」

失礼ながら、有益な作戦には思えない。

ロゼッタは訝しげな視線を向けるが、ティナは自信満々に頷く。

「そうそう。悪女になれば、確実にあの御方の関心を引けるね」

「ごめんなさい。やっぱり理解できないわ」

「うーん。簡単に言うと『茶番』かな？」

「ねえ、本当はわたしのことをからかって遊んでいるんじゃないの？」

「ええー、被害妄想だよー」

ティナは不服だと言わんばかりに頬を膨らませる。

ロゼッタは頭が痛くなった。そして床の木目を見ながら乾いた笑いを漏らす。

「……わたしには無理よぉ。もう家に帰らせて……」

カルヴァード公爵家に来て初めて、人前でロゼッタは弱音を吐いた。

そんな彼女を見ても、ティナの手は止まらない。

「さーてと、化粧終わり！　うん、うん上出来だよ。気の強さがぷんぷんの典型的な貴族令嬢って感じ」

ティナは満足げに頷くと、ロゼッタのチェリーレッドの髪を簡単に編み込んでいく。

弱気なロゼッタの心とは反対に、鏡に映る顔は自信に満ちあふれている。昨日の優しげな印象とは異なり、ティナの言う通り気が強そうだ。けれど、ロゼッタの素材を極限まで活かしているのか、いつもより賢そうに見える。

「見た目は完璧ね」

「でしょでしょ！　今日は時間もあったし自信作だよ」

編み込みを緩く纏めると、ティナは銀細工のバレッタをつけた。それはいかにも高級そうで、ロゼッタの胃がキュウッと縮む。

「ねえ、今更だけど……昨日とわたしの性格が違ったら、さすがに怪しいと思うわよね？　やっぱり悪女役は止めましょう」

「旦那様のいる前と態度が違うのは、貴族令嬢としては普通じゃん？　自分を脅かしそうな婚約者の家族に辛く当たるのも、身分関係なく普通だよ」

「それ、完全にフェイさんに毒されているわ」

「何、常識人ぶってんのさ。これから悪女を演じなくちゃいけないっていうのに」

「だって本当に来るの？　昨日、追い返されたっていうのに」

いつもより控えめだったとはいえ、ティナの特製ハーブティーを飲んだのだ。それがまた出されると知っていながらカルヴァード公爵家を訪れるのは、とても勇気がいることだろう。

そんなロゼッタの懸念とは裏腹に、ティナはニヤリと笑みを浮かべる。

「来るよ。あの御方は、ギトギトの油汚れよりもしつこいからね」

油汚れは大嫌いだ。ロゼッタは思わず渋面を作る。

「往生際《おうじょうぎわ》が悪いと言われようと……わたしは、悪女なんて演じたくないわ」

「でも演じてもらわないとダメだよねー。今、旦那様とフェイは調査のために不在だし」

「聞いていないわよ⁉」

最終手段として、フェイに言われた通り悪女を演じた後は適当なところでアーネストたちに丸投げしようと思っていたのに、彼らが不在では計画を実行できないではないか。

ロゼッタは焦りを隠しきれず、ティナに詰め寄った。

「そりゃあ、言ってないよ。旦那様が城の外へ出たのは秘密だもん。グラエム一派に感づかれないように、秘密通路を使って城下町を脱出しているの」

「ねえ、もしかして……アーネスト様が城の外にいることは、グラエム様に気づかれないようにしないといけないのかしら？」

アーネストはおそらく、グラエムに反撃するために領地外で秘密裏に動いているのだろう。

それが昨日グラエムが現れたからなのか、元々決まっていたことなのかは分からないが、彼にこちらの手の内をできるだけ明かしたくないのは、ロゼッタにも分かる。

「鋭いね、ロゼッタ」

ティナは軽快に指をパチンと鳴らした。

「前途多難だわ。やっぱり、わたしには荷が重すぎる役よ。代わりを見つけましょう。そうだ、フェイさんを女装させるなんてどう？　名案だと思うのだけど！」

期待をかけているのか、面白がっているのかは分からないが、王家打倒を狙うような貴族を田舎令嬢が相手取るなんて無謀すぎる。

「もー、そんな弱気でどうするのさー」

「嫌よ、絶対に嫌！」

抵抗虚《むな》しく、ティナに引きずられるようにエントランスホールへと連れて行かれる。逃げられないことを悟ったロゼッタは、どんよりとした気持ちで溜息を吐いた。

「こんなに朝早くエントランスの前で待ち構えていても仕方ないわ。グラエム様が来るのはもっと日が高くなってからじゃない？」

「確かに。食堂に待機してようか。ロゼッタが昨日作ったクッキーはまだ残っていたよね？」

「そうね。アーネスト様がもらってきた高級茶葉もあるし、お茶にしましょうか。少しの間だけでもリラックスしていたいわ」

でないと、やっていられない。

ロゼッタたちは食堂へ向かうため、エントランスホールを横切る。

「ロゼッタの淹れる紅茶はおいしいんだよねぇ」

「……ティナみたいに余計なものを入れないからよ」

ロゼッタがそう言うと、ティナは唇を尖らせた。

「毎日飲むものほど健康にでしょ。そういえば、南国には紅茶にたっぷりのミルクとスパイスを入れて楽しむお茶があるみたい。やっぱり、あたしのお茶も間違っていないよ。技術が伴っていないだけで！」

「自慢げに言うところじゃないから」

ロゼッタは呆れた口調で言った。当然、ティナが何か反論をしてくると思ったが、彼女は足を止めると眉間に皺を寄せる。

「……ねえ、ロゼッタ。何か変な音が聞こえない？」

ティナは耳を澄ませながら、慎重に辺りを見回す。

ロゼッタも釣られて警戒していると、カチャカチャと金属を引っ掻くような音が僅かに響いているのが分かった。

「エントランスの扉の方ね。泥棒かしら」

「鍵穴をいじくっているのかな。正面から来るなんて度胸あるね。それとも灯台下《もと》暗しってやつかな。想定外だよ」

「……ティナ。武器になりそうなものを持って来てくれる？」

ロゼッタは意を決して言った。

「分かった。ちょっと待っていて。食堂に良い物があったはず」

ティナは頷くと、食堂の方へ足音を立てず器用に走っていく。食堂ならば、エントランスからほど近い。それほど時間はかからないだろう。

ロゼッタは冷や汗をかきつつも、エントランスの側にある石膏像の陰に隠れた。

（悪女役のことを考えている暇はなくなったわね……）

ただでさえ人が少ないカルヴァード公爵家だが、今はアーネストとフェイが不在で、女性であるロゼッタとティナしかいない。泥棒が何人いるのかは分からないが、力尽くで襲いかかられたら為す術《すべ》はない。

（それでも、わたしたちがカルヴァード公爵家を守らなくちゃいけないわ！）

ロゼッタは震える手を握りしめる。

「お待たせ、ロゼッタ。手近にあったのはこれなんだけど、役に立つかな？」

ティナが持って来たのは、火かき棒と大鍋の蓋二つ。ロゼッタはどちらにするか迷ったが、結局火かき棒を手に取った。

「十分よ。隠れて、泥棒が現れたら襲いかかるの。先手必勝よ」

「ロゼッタ格好いい！」

「茶化さないの。反撃してくるかもしれないから注意してね」

ドクドクと心臓の音が耳元まで伝わってくる。ロゼッタとティナは息を潜めながら、泥棒が盗みを諦めてくれることを祈った。

しかし、それも虚しくガチャッと解錠される音が大きくエントランスホールに響いた。そして扉が静かに開かれ、泥棒が城に侵入する。足音はできるだけ小さくしようとしているようだが、靴の裏に鉄板を入れているのかコツコツと大理石の床を鳴らす。ロゼッタたちの存在には気が付いていないようだ。

「今よ！」

合図と共に、ロゼッタとティナは泥棒めがけて武器を振りかぶる。

「この不届き者！」

泥棒の年齢は五十代くらい。男性。服の色は焦げ茶色で地味だが、近づいてよく見るとアーネストが着るような仕立ての良いものだった。ロゼッタは「あれ？」と心の中で疑問に思う。

「な、なんだ⁉」

泥棒は驚きの声を上げて振り返る。彼の顔を見て、ロゼッタは目を見開いた。

「――ってグラエム様⁉　ティナ、止めて！」

ロゼッタは咄嗟に火かき棒の軌道を逸《そ》らして空中を切ると、ティナに叫んだ。

しかし彼女は鍋の蓋を両手に持ったまま止まろうとしない。

「どりゃぁぁああ！」

「ティナァァアア⁉」

勇ましい叫びを上げながら、ティナはグラエムの前で鍋の蓋を思い切り打ち付ける。バシィィンッとシンバルのような轟音《ごうおん》を響かせ、それを間近で聞いたグラエムは足をカクンと人形のように曲げて床に倒れ込んだ。

唖然としているロゼッタを尻目に、ティナは額の汗を爽やかな動作で拭った。

「ふぅ。悪は滅びた」

「今滅びたら困るから！」

「正義はあたしにアリ！　あー、スッキリした」

「おふざけしてる暇なんてないから。どうするのよ。使用人が主人の親族を害するなんて、退職……いいえ、牢獄行きよ！」

ロゼッタは涙混じりに言うと、グラエムに駆け寄る。

ぐったりとして意識はないが、呼吸はしているようだ。

「そんな心配しなくても、大した怪我はしていないよ。急所は外したし、驚いて気絶しただけ。外に放置しとけば、そのうち目が覚めるよ」

「良いから担架《たんか》を持って来て！　医務室に運ぶわよ。ああー、もうー、大変なことになったー」

焦っていた割に適切な判断だが、ロゼッタの声音は悲痛に満ちていた。

☆

グラエムを医務室に運んだ後、ティナに城下町から医師を連れてきてもらった。

その人は、ロゼッタの風邪も治療してくれた医師らしく、グラエムを見て溜息を一つ吐くと、黙って診察を開始する。

そしてグラエムの容態は命に関わるものではないと診断すると、いくつかの注意事項をメモに残して城下町に戻って行ってしまった。

「……さて、どうしたらいいのかしら」

医師の残したメモに軽く目を通すと、ロゼッタは逃避したい現実と向き合う。

グラエムは物語のお姫様のように静かに眠っている。彼にしてしまったことを考えると頭痛がした。

「なるようになるんじゃゃない？　大きな怪我もないし。そもそも、泥棒のように侵入してきたのも悪いんだし。ロゼッタは重苦しく考えすぎー」

頭痛の原因――ティナをロゼッタは睨み付ける。

「あなたが気楽すぎるのよ」

グラエムを昏倒《こんとう》させたのはティナだが、当然ロゼッタにも責任はある。目撃者はいなかったとはいえ、公爵家の人間が被害を受けたと言えば、何らかの処罰が与えられるはずだ。

その罰が自分だけのものだったらまだいい。だが、家族にも及ぶものだったらと考えると背筋が凍る。

「……腹をくくりましょう」

後ろ向きに考えても仕方ない。ロゼッタは両頬を軽く叩いた。

「ロゼッタのそういうところ好きだよ。死ぬときは一緒だね！」

「そこまで言っていないわよ。ティナ、ちゃんと反省しなさい」

「反省なら少しはしているよー」

「どうだか」

ロゼッタが呆れていると、ティナは唇を尖らせる。

「あたしにとっては、旦那様が一番大事だもん。敵にかける情けなんて本当はないんだよ。これでも譲歩してるつもりー」

いつものように軽い口調ではあるが、ティナの瞳は真剣そのものだった。

（グラエム様に惑わされず、最後まで残った使用人だけあるわね。アーネスト様に捧げた忠誠は本物だわ）

ティナにはティナの考え方があるのだろう。もしかすると、グラエムへの攻撃も何か考えがあってのことかもしれない。

「でもさ、鍋の音でびっくりして気絶するとか間抜けだよね。ぷぷっ」

そう言ってティナは、ニヤニヤと悪戯心満載の笑みを浮かべながら、グラエムの鼻の穴をポケットから出した羽根でくすぐる。グラエムの鼻がフガフガと音を立てた。

「ちょっと、止めなさい！　グラエム様が起きたらどうするの。まだ、わたしの心の準備ができていないのよ」

「真面目すぎー」

「あなたがふざけすぎなの」

ロゼッタは慌ててティナから羽根を取り上げた。

「……どうやってグラエム様をカルヴァード公爵家から追い出すか。これからのことを考えましょう」

「せっかく寝ているんだしー、城下町の外に捨ててくれれば良いんじゃない？」

「でも、目覚めた時に体調が悪化したら大変だわ」

「お医者さんは、そんな状況はほぼないだろうって言っていたけど。それにこの人、起きたら絶対に怒り出すよ。面倒くさいー」

「……グラエム様が目覚めたら、謝り倒すしかないかしら」

お金と地位のないロゼッタには、それぐらいしかグラエムの怒りを凌《しの》ぐ方法が思いつかなかった。

アーネストに頼るという選択肢もなくはないが、彼は今この城にいない。やっとロゼッタを信用して頼ってくれるようになったというのに、迷惑はかけたくなかった。

アーネストの役に立ちたい。この気持ちはティナの忠誠とは違うものだけど、それでも思いの強さは負ける気はしなかった。

「じゃあ、記憶を失っていた場合は、ロゼッタが悪女の演技をするってことでいいよね」

「お願いだから、悪女のことは忘れさせて！」

ティナの突拍子《とっぴょうし》もない言葉に、ロゼッタは思わず叫んでしまう。

「駄目だよー。せっかくの悪女コーディネートが輝かないじゃん。あたしの頑張りが報《むく》われないと、死んでも死にきれない！」

「報われたら本当に死ぬわよ」

じっとりとした目でティナを見ていると、グラエムが横たわるベッドから衣擦《きぬず》れの音がした。

「……んん」

浅い眠りなのか、グラエムはお姫様のようにかすかな吐息を漏らすと、寝返りをうった。

「グ、グラエム様の目が覚めそうよ、ティナ！」

「いっそのこと目を覚まさせようよ。もしかしたら、狸《たぬき》寝入りしているのかもしれないし。また鼻の穴を羽根でくすぐってみる？」

「止めなさい、このお馬鹿！」

「だったら、ぱっちりと目が覚めるようにハーブティーでも淹れようか。ちょうど世界一辛いって評判の唐辛子を、フェイが仕入れたんだ」

「お馬鹿！　お馬鹿！　お馬鹿の中のお馬鹿！　そんなことしたら、グラエム様が血を吐いてのたうち回るわよ。ただでさえ、若くないんだから！」

「ちょっとくらいならバレないってー」

「バレるわ！　自己主張のないお茶を淹れるの苦手でしょう」

厨房へ行こうとするティナのエプロンを必死に掴んでいると、視界の端で影が動く。ベッドを見れば、グラエムが起き上がり目を擦っていた。

「……ここはどこだ？　ん？　なんだ、芋娘と品のない侍女じゃないか。最悪の目覚めだ」

こちらも気分は最悪だと言い返してやりたかったが、昏倒させたことを後ろめたく思っているロゼッタは、控えめにグラエムへ問いかける。

「……グラエム様、この城に来てからのことを覚えていませんか？」

「もちろん覚えて――いいや、おかしいな。玄関まで来た記憶がない」

顎に手を当てながらグラエムは不思議そうに答えた。本当に覚えていないようだ。ロゼッタはホッと胸を撫で下ろす。

「良かった」

「何が良かったんだ？」

鋭いグラエムの一言に、ロゼッタはびくりと肩を揺らす。

それを見たティナがロゼッタの脇腹をさりげなく肘《ひじ》で突っついた。そして口パクで「あ・く・じょ」と伝えてくる。

「あ……えっと、そう！　この城の庭でのたれ死にでもされたら迷惑ですもの。アーネスト様の風評にも繋がりますし」

ロゼッタは嫌々……本当に嫌々悪女っぽい口調で言った。

皮肉にも、心底悪女をやりたくない気持ちと胃痛で眉間に皺が寄って強《こわ》ばり、悪女らしく見える。

ティナは小さくガッツポーズをした。

「ふむ。私は庭で倒れていたのか。高血圧だろうか。年甲斐もなく、隠密行動するのが楽しくてな」

鍵開けが隠密行動だというのだろうか。ロゼッタには泥棒の真似事にしか思えない。

「隠密行動ですって？　許可もなしに来るなんて非常識ではありませんこと？　ここは、わたしとアーネスト様の愛を育む場所ですわ」

威圧的に言いながらも、ロゼッタの頬はほのかに薄桃色に染まる。

アーネストとは純然たる雇用関係だが、それでも婚約者役というのはどうしても照れがでてしまう。……悪女役は胃痛が襲うが。

「私はアーネストの家族だ。許可などいらんだろう?」

高位の貴族らしい傲慢な口調に、ロゼッタは恐怖を感じる。しかし、アーネストの信頼に応えるため、負けじと好戦的な視線をグラエムに送った。

「昨日、アーネスト様に言われたことを忘れてしまったのかしら」

「歳だからか、忘れっぽいんだ。だから、君の性格もこんなにキツかったのかと疑問に思っている」

やっぱり気づくかとロゼッタは思ったが、そのまま押し切ることにした。

正直、もうやけくそだ。

「気に入らないと素直に言ってもいいいんですわよ」

「そんなことはないさ。こっちの君の方が私は好きだよ。芋娘なところは変わっていないがな」

芋を蔑称《べっしょう》として使うグラエムに、田舎出身の貧乏令嬢ロゼッタは少しだけカチンときた。

「あら。お褒めいただきありがとうございます。芋は痩せた土地でも育てやすく、天候不順にも強い。収穫量も多くて、栄養満点。まさに、穀物界の優等生ですもの」

やはり芋はいい。手間がかからず、安くて、おいしい。万能食材だ。そう思いながらロゼッタが頷いていると、ティナが「それ違う!」と焦った声で言った。

グラエムを見れば、ポカンと口を開けている。どう見ても不審に思われている。今まで作ってきた悪女キャラが台無しだ。

「い、芋の芽は猛毒よ！　だから、その……芋のようにカルヴァード公爵家を乗っ取ってやるという意味よ！」

ロゼッタは慌てて取り繕った。すると、グラエムも両手を挙げて驚きを露わにする。

「それは恐ろしいな！」

「ええ、恐ろしいでしょう。だから、カルヴァード公爵家に来るのはもうやめ――」

「可愛い甥っ子が悪女の毒牙にかからないように、説得しなくてはならないな。アーネストはどこだ⁉」

「アーネスト様なら、グラエム様のことなんて忘れて、のんびり昼間からお酒を飲んでいるわ」

「昼間から酒を飲んでいるだと⁉　そんな典型的な貴族の馬鹿息子みたいな真似をするなんて……お前の影響だな、この芋悪女！」

「え、ええそうよ。わたしは芋悪女だもの」

ん？　芋悪女……？

何かおかしい単語を言ってしまったような気がする。ロゼッタが首を傾げると、グラエムが鬼気迫る顔で詰め寄った。

「今日のところは体調が悪いから引き下がってやろう。唐辛子ティーも飲みたくないからな。だが、明日からは毎日説得しに来てやるからな！」

「望むところよ。返り討ちにしてやるわ」

ロゼッタは腰に右手を添え、左手でグラエムを指さす。上品とはとても言えない仕草だが、悪女っぽさの演出としては良いだろう。

グラエムはロゼッタを見て、悔しそうに顔を歪ませた。

「覚えていろ、芋悪女！」

捨て台詞《ぜりふ》を残して、グラエムは医務室を出て行く。しっかりとした足取りから見るに、気絶した際の後遺症はないようだ。

「勝った。わたしはやり遂げたのよ……！」

負の感情と胃痛を乗り越え、ロゼッタは見事フェイの無茶ぶりをこなしてみせたのだ。嬉しさがこみ上げ、その場で軽快なステップを踏む。

すると、ティナは人差し指を顎に当てながら唸る。

「ロゼッタ。唐辛子ティーのこと、グラエム様が起きてから話していないはずだよねぇ？」

ピタリと勝利のステップが止まった。

そしてゆっくりとグラエムの言葉を思い出す。

（ええっと確か……唐辛子ティーだけじゃなくて、明日から毎日説得に来るって言っていたような……）

ロゼッタは頭を抱えてその場で蹲《うずくま》った。

「あ、ああ、あああああ！」

グラエムは、記憶の混濁などしていない。起き上がる前からロゼッタたちの会話に耳をそばだて、情報収集を行っていた。その結果、悪女を嫌々演じるロゼッタはグラエムの手のひらで転がされ、カルヴァード公爵家に来る口実を与えてしまった。

自分の失敗に、ロゼッタは今更ながら気づく。

「……ねえ、ティナ。わたし、悪女辞める」

泣きそうな声で呟くロゼッタの背を、ティナは優しく撫でた。

「それがいいね。ところで、ロゼッタ。唐辛子ティーを飲んでみない？　よく考えたら、意外と唐辛子と紅茶って相性悪くない気がするんだよね。これはイケる気がする！」

「わたしより、あなたの方が悪女よ」

この日、ロゼッタは夕飯も作らずに部屋に引き籠もった。

☆

夜も深まった頃、アーネストはフェイと共にカルヴァード公爵家に帰ってきた。

重苦しい外套《がいとう》を脱ぎ捨てると、アーネストが真っ先に向かったのは自室に備え付けられたシャワールームだった。

熱めのシャワーで汚れを落としきると、早々にガウンを羽織り、部屋のソファーに腰掛ける。

「ああ、疲れたな」

ガシガシと無造作にタオルで髪を拭いていると、フェイが苦い顔をする。

「髪を雑に拭かないでください、アーネスト様。艶がなくなります」

「別にいいだろう、髪ぐらい」

「よくありません。ただでさえ顔が怖いんですから、少しでも印象を良くしないと」

フェイはアーネストからタオルを奪い取ると、壊れ物を扱うように髪を拭き始める。なんとも言えないフェイの過保護ぶりに、アーネストは溜息を吐いた。

「夕食は？」

「ありません。チーズでも齧って我慢してください」

テーブルを見れば、多種多様のチーズがパンと一緒に並《し》べられていた。

アーネストは心底残念な気分になる。常に緊張を強いられる現状で、ロゼッタの料理を食べる一時は癒やしになりつつあったからだ。

「……ロゼッタに何かあったのか？」

「ええ、ありました。ティナの報告書をお読みください」

手渡された報告書には、グラエムが不法侵入をしてティナに気絶させられたこと、ロゼッタが悪女を演じたが上手くいかなかったこと、グラエムがご満悦で明日も押しかけると宣言されたこと、ロゼッタが精神的ショックで夕食作りを拒否したことが書かれていた。

「ロゼッタには悪いが、概《おおむ》ね成功だな」

「失礼ですが、この作戦が本当にグラエム様への牽制《けんせい》となるのでしょうか？　正直、ロゼッタ嬢も出来の良い生徒とは言えませんでした」

良い生徒だったら困る、とアーネストは心の中で呟いた。

「ロゼッタはそれでいいんだ。今回のことは、楔《くさび》のようなものだからな」

「楔、とは?」

「叔父上と私は似ているんだ」

「それは……」

「まあ、最後まで聞け」

怪訝な顔をするフェイに、アーネストは不敵な笑みを浮かべる。

「叔父上は人を策に嵌めるのは好きだが、嵌められるのは大嫌いなんだ。自分のように、腹黒い人間なんて、本当は近づきたくもない。嘘を吐くのが下手な……善良で、意志の強い人間が好きなんだ」

「……そう言えば、グラエム様の亡き奥方も素朴で優しい方でしたね」

叔父上は意外にも愛妻家だった。残念ながら流行病《はやりやまい》で奥方は亡くなってしまったが、生前は仲睦《むつ》まじく、何故あんな腹黒策略家が穏やかな女性を妻にできたのか不思議で仕方なかった。

「嘘を吐くのが下手だが、私のために必死になっているロゼッタを見て、叔父上は彼女を人間として好ましいと思ったはずだ」

「なるほど。ロゼッタ嬢を守るためですか。ですが、悪女にする必要はあったのですか?」

「……その方が、絶対に食いつきがいい。叔父上は趣味が特殊だからな……」

アーネストはそっと床に視線を落とした。

「……確かに趣味が悪――特殊でしたね……」

フェイはそっと窓へ視線をずらした。

気まずくなったアーネストは、わざとらしくゴホンと大きな咳払いをする。

「ロゼッタは、私と叔父上の争いに巻き込まれただけだからな。叔父上にとって、危害を与えたくない人間だと思わせれば、身の安全が保証される」

「ついでにロゼッタ嬢との結婚を認めてほしいと」

「結婚⁉　馬鹿か！　ロゼッタが好ましいと言っても、人間としてだからな。勘違いするな！」

アーネストは目を見開いて反論する。

可愛らしいと思うし、料理もおいしいが、ロゼッタとアーネストはあくまで雇用関係だ。それ以上でもそれ以下でもない。断じて。

「はいはい。婚約者役が終わったら、彼女に相応しい誠実な男を紹介してあげてくださいね」

「……分かっている」

何故かチクリと胸の奥が痛くなる。だが、その事実から目を逸らし、アーネストは仏頂面《ぶっちょうづら》で頬杖をついた。

「意図は分かりました。私とティナはすべてにおいてアーネスト様の安全を優先させますから、ロゼッタ嬢を守ることはできないでしょう」

「そうだな。実際にティナは今回、ロゼッタの安全よりも叔父上の排除を優先させようとした」

ロゼッタが止めても言い訳できる範囲で攻撃し、狸寝入りするグラエムに気が付いていながら嫌がらせを行った。これは確信犯だろう。

「ティナはグラエム様が大嫌いですからね」

フェイは表情を曇らせた。

アーネストはそれを見て、溜息を吐く。

アーネストとフェイとティナ。身分も性別も違う三人が固い絆で結ばれているのは、先代カルヴァード公爵夫妻の痛ましい事故が影響している。この事故でそれぞれの両親を失い、歯を食いしばって乗り越えてきたのだ。

「確か父上と母上が死んだのは、お前たちの両親のせいだと叔父上が罵ったのだったか。子どもになんてことを言うんだか」

「グラエム様の言ったことは事実です。ティナの両親も、私の両親も、使用人失格ですよ。あの事故を防げなかったのですから。だからこそ、ティナは腹立たしいのでしょう」

「そういうものか」

辛い寂しいと悲しみに暮れる時間などなかった。やらなければならないことは山積みで、両親が残したカルヴァード領を守るので精一杯だった。だが、同じ苦しみを抱えた仲間がいて……信頼できる身内がいた。だから、アーネストは乗り越えられたのだ。

「アーネスト様。その事故の調査資料が届いております」

フェイは執務机の引き出しから、数枚の紙束をアーネストに渡す。

それを一瞥《いちべつ》すると、アーネストは鼻を鳴らした。

「予想通りすぎて目新しさもないな」

「いかがなさいますか?」

「どうもしない。ただ、他の貴族に知られると面倒だ。資料は暖炉にでもくべておけ」

「かしこまりました」

フェイはそう言うと、燃え盛る暖炉の中に躊躇《ちゅうちょ》なく資料を投げ込んだ。

「明日以降もグラエム様はこちらを訪れるようですが、いかがなさいますか?」

「ロゼッタには、いつも通りに過ごしてもらって構わない。叔父上への餌は十分だからな。秘密通路の件はどうなっている?」

「ティナもグラエム様がどんな侵入経路を使っているのか、確認できませんでした」

「一人で来訪しているところを見ると、まだ耄碌《もうろく》していないようだな。引き続き調査しろ」

グラエムが使っているのは、アーネストも知らないカルヴァード公爵家の秘密通路だ。生前の先代とグラエムの兄弟仲は良好で、アーネストのことも可愛がっていた。だからおそらく、先代が自分に何かあった時、代わりにアーネストへ伝えるためにグラエムに教えていたのだろう。自分の死後、グラエムとアーネストが対立することも考えもせずに。

きちんと順序を踏んで先代から公爵位を受け継がなかった弊害《へいがい》だなと、アーネストは内心で舌打ちをする。

「かしこまりました。ロゼッタ嬢にも、引き続きグラエム様に探りを入れるように言います」

「頼んだぞ」

「明日は予定通りに外出されますか?」

「もちろん。叔父上もそれは承知だろう」

グラエムの行動は無駄だらけだ。だが、そこには明確な勝利への執念が見える。

「だが、叔父上の裏をかきたい。俺が叔父上の近辺を調べているように偽装をしろ。その間に私は王都へ行く」

「最後のピースを集めに行かれるのですか？」

「ああ。少し時間がかかるだろうがな」

「お気をつけて」

「これはゲームだ。ただし、負けを勝ち取るためのな」

そう言うと、アーネストはチーズを一つ食べた。青臭い味がして、思わず渋面を作る。

「ワインをお開けしますか？」

「いつ何が起こるか分からないのに、酒など飲んでいられるか。貴族の放蕩《ほうとう》息子ではないのだから」

ロゼッタの料理を恋しく思いながら、アーネストは眠りについた。

第四話　庶民派令嬢と腹黒狸

たっぷりと睡眠をとったからか、ロゼッタは気持ちよく目が覚めた。

昨日のことは悪い夢だったたと思えるぐらいには、心の方も回復している。気を取り直して侍女服を身につけると、ロゼッタは早速仕事に取りかかる。


「良い天気ねぇ」

雲一つない青空に、心地よい風が吹く。今日は絶好の洗濯日和だ。

ロゼッタはシトラスの香りがする高級石けんを泡立て、タライの中の水と混ぜていく。そしてシーツを石けん水に沈めると、靴と靴下を脱いでタライの中入り、ジャバジャバとリズミカルに足踏みを繰り返した。

風が木の葉を揺らす音と水が跳ねる音が重なり、軽やかなハーモニーを作り出す。今日の洗濯は早く終わりそうだと思うが、不思議と嬉しい気持ちにはならない。

それはおそらく、じっとりとした視線を向け続けているグラエムがうっとうしいからだ。

「年頃の娘が足を出してはしたないな」

「厩舎の掃除の次は洗濯も監視ですか？　グラエム様は暇ですね」

彼はロゼッタが厩舎の掃除を済ませて馬たちに餌をやっていると、突然背後に現れたのだ。それからというもの、まるでロゼッタを監視するように付き纏っている。

「アーネストの婚約者が侍女とは、身の程を知ってほしいな」

「貴族が侍女に手を出すなんて、割とよくあることだと思いますけど。それにアーネスト様は、仕事をしているわたしが好きなんですよ」

あくまでも、アーネストがロゼッタに求めているのは労働力だ。ちゃんと分かっている。

ロゼッタはムスッとした顔でタライの水を換えると、再び足踏みを開始した。今度は淡々と心に何も浮かべないようにしながら。

何度か水を換えて濯いだ後、ロゼッタはシーツを折りたたみ力一杯捻《ひね》る。それを数カ所に分けて絞っていくと、シーツの水気がどんどんなくなった。

「クッ……フンッ」

洗濯物は水気が多いと乾くのが遅くなり、嫌な生乾きの臭いがしてくる。脱水が一番重要な工程だ。

真剣なロゼッタとは裏腹に、それを眺めていたグラエムはクックッと忍び笑いを漏らす。

「とても淑女とは思えないな。動物のようではないか」

「申し訳ありません」

ロゼッタは心の中で『うるさい、気が散る、手伝え、もしくは帰れ』と付け加えた。

脱水が終わった後、ロゼッタはすぐに洗濯物を干し始める。一枚一枚ピンと皺を伸ばし、風が満遍なくあたって早く乾きやすいように注意する。

その間もグラエムの監視は緩まない。

(……少し前のアーネスト様みたいだわ)

意外とグラエムとアーネストは似ているのかもしれない。もっとも、グラエムの方が悪意に満ちた視線だが。

「さて、大物も干さなくてはね」

ロゼッタは侍女服を腕まくりすると、シーツを手に取った。

カルヴァード公爵家のシーツはとても大きい。正直、一人で皺を伸ばすのが大変だ。

(何人かで広げれば楽なんだけど……)

今日もフェイはアーネストに付いて出かけているし、ティナは城の掃除中だ。手伝ってもらうことはできない。

「よしっ、やるわ!」

ロゼッタは風上に背を向け、両手いっぱいにシーツを広げた。すると、風に流れてシーツが膨らみ、中央の皺が伸びていく。

上手くいったとロゼッタが喜んでいると、グラエムがシーツの端を指さした。

「そこ、シーツがよれているぞ」

「分かっています」

……今までで一番仕事がやりにくい。

ロゼッタは愚痴りたい気持ちを心に押し込め、シーツの端を少しずつ水平に引っ張って皺を取っていく。婚家でいびられる嫁の気持ちが分かった気がした。

最後のシーツを干し終えると、ロゼッタはタライを片付けて城に戻ることにした。

「……あの、グラエム様。どうしてわたしに付いてくるんですか？」

エントランスまで来ると、ロゼッタは未《いま》だに監視を続けるグラエムへ訝しげな視線を送る。しかし、彼には効果がないらしく、貴族らしい感情の見えない微笑みを向けられた。

「もう、悪女の真似はしないのかね？」

「しません！　というか、話を逸らさないでください！」

痛いところを突かれたロゼッタは語気を強めて言い返してしまう。

グラエムは虐めるネタを見つけたとばかりに、ニタリといやらしい笑みを浮かべる。

「それは残念だな。君のあの大根役者ぶり……なかなかの喜劇だったのだが」

「ええ、わたしは大根役者ですよ！　さぞ面白かったでしょうね」

ロゼッタだって好きで悪女を演じた訳ではない。あれは業務命令だ。断じて趣味ではない。

「安心したまえ。君は私にとっての害悪だからな。悪女とそう変わりない」

「そうですか。害悪とは一緒にいたくはないでしょう。今日は仕事が詰まっていて満足なおもてなしもできませんし、お帰りください」

スカートを摘まみ、侍女らしくお辞儀をしてお見送りを済ませると、ロゼッタはくるりとグラエムに背を向けて歩き出す。

すると自分の足音と重なるように、グラエムの足音が響いた。

「……付いてこないでください」

ロゼッタは振り返り、半目でグラエムを見つめた。

「何故、私が芋娘の後を付けねばならない。勘違いするな。行き先がたまたま同じだけだ」

「では、先に行ってください」

「奇遇だな。私も少し立ち止まりたい気分なんだ」

生まれて初めて、ロゼッタは平民の若者がよく言葉にする『うざい』という気持ちを理解した。

「……勝手にしてください」

グラエムの気が済むまで監視されるしかない。

どこか悟りを開いたロゼッタはそのまま使用人食堂へと向かう。

食堂の扉を開けて中を覗くが、お昼時だというのに珍しく食いしん坊のティナが食堂にいない。

ティナと一緒にいればグラエムを追い返すことができるだろうと思っていたが当てが外れてしまった。

「物がごちゃごちゃしていて、洗練されていない場所だな。床が固いぞ」

「使用人の食堂に毛織り絨毯を敷ける訳がないじゃないですか。そもそも、ここはグラエム様が来るような場所ではありません」

「それは私が決めることだぞ、芋娘」

「失礼しました」

文句ばかり言うグラエムに、ロゼッタの胃がチクチクと刺激される。

早く解放されたい。ホットワインを飲んでベッドに飛び込みたい気分だ。

「それで、今から何をするのかね？」

「……昼食を作ります」

「昼食？　ド庶民の令嬢は料理もするのか。さぞ、みすぼらしいものだろうな」

「安心してください。今から作るのは、使用人用の昼食なので」

「さて、昼食のメニューはなんだ？　私はもう腹がぺこぺこだ。早く頼むぞ」

グラエムはいつもロゼッタたちが食事を取る席に座ると、無遠慮に棚からシルバーを取り出した。

（え、あなたも食べるの⁉）

ロゼッタは目をぱちくりとさせた。

「あの……グラエム様。もしかして、みすぼらしい……ド庶民令嬢の作った料理を食べるのですか……？」

できるだけ卑屈にいやみったらしくロゼッタは言った。

するとグラエムはやれやれと肩を竦《すく》める。

「私だって、好きで食べる訳ではない。だが、仕方ないだろう。ここに来てからというもの、もてなしらしいことを何一つされていない。こんな不出来な芋娘をアーネストの婚約者になどしておけないなぁ」

「そ、そんなこと……」

する必要がないと言い終わる前に、グラエムは大仰《おおぎょう》な動作で胸に手を当てて声を張り上げる。

「私は優しい叔父様だからね。わざわざ、ド庶民令嬢の君の目線に立って、もてなされてあげようとしているのだ。感謝されるべきであって、否定されるべきではない」

「何ですか、その俺様超理論」

ロゼッタはガックリと肩を落とし、死んだ魚のような目でグラエムを見上げる。しかし、彼は胡散臭いキラキラとした笑みを浮かべ、こちらを威圧してきた。

（……どう足掻《あが》いてもグラエム様に料理を作ることからは逃げられないようね……）

ずーんと沈んだ表情のまま、ロゼッタは小さく溜息を吐いた。

「まずくても文句は言わないでくださいね」

「いや、口に合わなければ遠慮なく言うぞ。女性だからと差別せず、辛口に、大胆に、二度と料理を作りたくなくなるぐらい、けちょんけちょんに批評してやる！」

もう……なんか色々とロゼッタは諦めた。

「……少々お待ちください」

ゲンナリとした気持ちでそう言うと、ロゼッタは渋々料理に取りかかる。

（お腹が空いていると、グラエム様は余計に煩そうだし……何か、手早く食べられるものを出した

方がいいわね。そうだ、今朝漬け込んだマリネを出しましょう）

ロゼッタは戸棚からマリネの入った瓶を取り出す。

マリネに使った野菜は、塩ゆでしたレンコンとパプリカ、それにプチトマトとオリーブの実だ。

マリネ液はオリーブオイルと白ワインビネガーとハチミツをベースに、ニンニクとドライハーブ、そして隠し味に粒マスタードを入れたレイン男爵家秘伝のものである。

カルヴァード公爵家の高級小皿に色とりどりのマリネを盛れば、それだけでもう芸術品だ。ロゼッタはそれを自信満々にグラエムの前に置いた。

「見た目はそこそこだな」

グラエムは鼻を鳴らすと、プチトマトを食べた。そして渋面を作ったかと思えば、レンコン・パプリカ・オリーブの実の順にパクパクと口に入れていく。そして小皿は、あっという間になくなった。

「……ふん。王宮の晩餐会《ばんさんかい》には劣るな」

「ありがとうございます」

彼の様子から見ても、このマリネがおいしかったのは間違いない。

ロゼッタは追加のマリネを持ってくると、グラエムに作り物めいた笑みを浮かべる。

「パスタを作りたいと思うのですが、ジェノベーゼとアラビアータどちらが良いですか？」

今日の朝仕入れた新鮮なバジルとトマトがあったはずだ。新鮮な食材を適切に調理すれば、おいしい料理ができる。

そんなロゼッタの親切心を裏切るかのように、グラエムは歪んだ笑みを浮かべる。

「私はチーズペンネが食べたい！」

……可愛くない。

ロゼッタは口を引きつらせた。

「かしこまりました」

イライラした気持ちを抑え、ロゼッタは併設された食料庫にチーズを選ぶために行った。

レイン男爵家とは違い、カルヴァード公爵家の食料庫には国中のチーズが集まっている。それだけで、ロゼッタにとってはワクワクする場所だ。

「うーん。メインは塩気の強いブルーチーズで、コクとまろやかさにハードチーズを二種類。あと、チェダーチーズも入れたら香りが出ておいしいかも」

手早くチーズを切り分けると、ロゼッタは早足で厨房へと戻る。

グラエムは追加したマリネを食べ終え、ロゼッタを睨み付けた。

「遅いぞ！」

「少々お待ちくださーい」

ロゼッタは適当にそう言うと、グラエムに背を向けて調理を始める。

鍋にたっぷりの水を入れて火にかける。沸騰させている間に、ハードチーズとチェダーチーズをおろし器ですり下ろす。これがなかなかの重労働だが、チーズの比率が偏《かたよ》らないように集中して行っていく。

「よしっ。すり下ろせた！　結構、力仕事なのよね」

ボウルいっぱいのチーズを見て満足していると、ゴボゴボと鍋から沸騰した音が聞こえた。塩をひとつまみ入れ、戸棚から乾燥させたペンネを取り出して、一人分の量を鍋に入れて茹でる。

「今のうちにソースを作らなきゃ」

フライパンにオリーブオイルと白ワイン、それにミルクを注ぐ。そして手で千切ったブルーチーズを入れて火にかけると、弱火で焦がさないように注意しながら溶かしていく。

部屋にはチーズの芳醇《ほうじゅん》な香りが満ちて食欲をそそらせた。

「そろそろ茹で上がったかな」

鍋の中でくるくると回るペンネは、お湯をたっぷりと吸ってモチモチしている。芯がないことを確認すると、ペンネをザルにあける。

そしてフライパンに入れ、ソースと絡めて火を止める。最後にすり下ろしたチーズを加えてよくあえる。熱々のとろけたチーズがペンネと絡まり合い、四種のチーズの香りが調和する。深めの皿にペンネをのせて、黒胡椒を振りかけたら特製チーズペンネの完成だ。

「できました、グラエム様」

「遅すぎる！」

グラエムは悪態を吐くが、その手には既にフォークが握られている。ロゼッタは呆れつつもチーズペンネをテーブルに並べた。

「見た目だけはいいな」

グラエムが一口食べる。目を瞑り、しばらく咀嚼《そしゃく》すると眉間に皺を寄せた。

「……おいしくなかったですか？」

やはりロゼッタの料理の腕では、高位貴族のグラエムを喜ばせられなかったのだろうか。不安げに見つめていると、グラエムは小さく呟く。

「これはカルヴァード公爵家の仕入れた食材が良かったのだ。断じて、芋娘の料理がおいしい訳ではない」

「ありがとうございます」

「私は何も言っていない！」

「ええ、わたしも何も聞いていません」

ロゼッタは小さく微笑んだ。

「それでグラエム様。いつまでこの城にいるつもりですか？」

「いつまでいるかは、私が決めることだ。そうだな……夕食と明日の朝食も用意させる栄誉を与えよう。具体的に言うと、夕食はあっさりとした魚料理で朝食はパンケーキを所望する」

「……図々しくないですか？」

思わずロゼッタは素《す》で返してしまった。だが幸いなことにグラエムは気にした様子もなく、グッと拳を握って熱弁する。

「間違ってもパンケーキに生クリームやベリーソースをかけるんじゃないぞ！　バターとハチミツをかけた、オーソドックスなもの以外認めないからな」

「生地にココアを混ぜたり、自家製のキャラメルソースをかけたりするのもダメですか？」

パンケーキの魅力は多種多様なアレンジが可能なところだとロゼッタは思う。どんどん色々な味に挑戦して、自分好みのソースやトッピングを見つけていくべきだ。

しかし、グラエムには受け入れがたかったらしく、憤怒《ふんぬ》の形相《ぎょうそう》でロゼッタを睨み付けた。

「これだから若い娘は嫌なんだ！　シンプルこそ至高、原点こそが頂点！　年長者の言うことは聞きなさい！」

「…………」

ロゼッタはグラエムから視線を逸らし、窓の外の豊かな景色を見る。

（早く、帰ってくれないかしら）

図々しいことこの上ない。そもそも、ロゼッタの主はアーネストだ。グラエムをもてなすことは大事だが、食事の世話をするほど尽くしたくはない。

（だいたい、わたしの作る料理よりも自分で作る料理の方がいいんじゃない？）

ロゼッタの料理の腕は、時折レイン男爵家に手伝いに来てくれる料理人のお爺さんが教えてくれたものだ。お爺さんの料理の腕はレイン領一だと断言できるが、教えを受けただけのロゼッタの料理では、高位貴族を満足させるものは作れないと思う。

（まあ、食べられないことはないって意味だとは思うけれど……）

要はカルヴァード公爵家に居座って、アーネストの情報を盗み、彼の行動を制限するつもりなのだ。カルヴァード公爵家の使用人たちを奪っていっただけあり、グラエムの手駒は潤沢で、数日滞在したところで影響はないだろう。

しかし、アーネストは違う。少ない味方と自分自身を使って動かなければならないのだ。時間は少しも無駄にはできないだろう。だから、グラエムの滞在は断らなくてはならない。

「……グラエム様、どうかお引き取りを」

「何故、私が男爵令嬢如きの言葉を聞かなくてはならない？　断りを入れるなら、君ではなく当主のアーネストだろう？」

「それは……」

「ああ、知っているよ。この城に、アーネストは今いない。そうだろう？」

グラエムの言葉にロゼッタはたじろいだ。

すぐにハッとして表情を引き締めるが、グラエムは確信めいた笑みを浮かべる。

「……ふむ。やはりそうか」

その瞬間、グラエムはロゼッタに鎌かけをしたのだと気づいた。

（……どうしよう、どうしよう、どうしよう……！）

ドクドクと心臓が嫌な音を立てる。

アーネストがこの城にいないことは隠し通さなくてはならない。ロゼッタは必死に思考を巡らせた。

「グラエム様が利用している隠し通路……あれは厩舎の近くのものですよね？」

考え付いたのは話題をずらすことだった。

冷や汗をかくロゼッタに、グラエムは不敵に笑った。

「なんのことだ？」

「馬好きじゃない高位貴族の方が厩舎に来るなんておかしいですから」

ロゼッタはグラエムの侵入経路について確信なんてない。完全に当てずっぽうだ。だが、グラエムの関心を引ける話題はこれしか思いつかなかった。

ロゼッタはじっとグラエムの反応を待つ。

「よく分かったな。遅かれ早かれこの手は使えなくなると思っていたから、まあいいか」

「あまり、わたしを嘗《な》めないでください」

「それで、アーネストの件だが――」

……やっぱり回避は無理だった。

（策は尽きたわ。もう、今ここで気絶をしてしまいたい）

与えられた仕事を成し遂げられないなんて侍女失格だ。せっかく、アーネストの役に立てると思ったのに。結局、足しか引っ張らなかった。

泣きたい気持ちを必死に抑えていると、ロゼッタの視界の端で艶やかな黒髪が揺れた。

「……まったく、誰の許可を得て私の城にいるんだ」

「アーネスト様！」

ロゼッタは泣きそうな声でアーネストの名を呼んだ。

「芋娘のくせに、意外と演技派だったのか」

グラエムは怪訝な顔をした。

「早く帰ってください、叔父上」

「冷たいじゃないか、アーネスト」

「当たり前だ。愛しい恋人との憩《いこ》いの時間を邪魔されたら、誰だって相手を消したくなる。目障りだ」

アーネストはゴミを見るような目でグラエムに言った。

「貧相な恋人より、有能な叔父さんと話す時間の方が貴重だろう？　老い先短いんだから！」

「空気読めと言っているんだ。いい加減、理解しろ」

「ええー、何？　聞こえないぞぉ。空気は読むじゃなくて、吸うものだぞーう」

「年相応に落ち着いたらどうだ」

アーネストは額に手を当てて、深く溜息を吐いた。

グラエムは心底嬉しそうに、クルクルと行儀悪く手に持ったフォークを回す。

「アーネストは知らないのかい？　男はいつだって少年の心を持っているんだ」

「……人生が楽しそうで何よりだ」

そう言うとアーネストは諦めたのか、グラエムからロゼッタに視線を移す。

「ロゼッタ、昼食を頼めるか？」

「はい！」

ロゼッタは元気よく返事をすると、グラエムたちに背を向けて料理を作り始める。アーネストはグラエムとは違って急《せ》かすことはないので、料理はすべて作り終わってから出すことにしよう。

(せっかくだし、スープも作りましょう。野菜のマリネとチーズペンネではバランスが悪いものね。具材はトマトとタマネギ、それに、卵がいいかしら。バジルも添えたいわね)

ロゼッタは小鍋に水を入れて火にかけると、簡単なトマトスープを作り始める。

(そういえば、フェイさんの分は作らなくていいのかしら?)

アーネストとフェイは今日、一緒に出かけたはずだ。てっきり帰宅も一緒かと思ったが、別行動中なのだろうか。アーネストだけが帰ってきたなんて珍しいこともあるものだ。

ロゼッタが順序よく調理をしていると、後ろでアーネストとグラエムの争う声が聞こえた。

「カルヴァード公爵が使用人の食堂で食事をとるとは、世も末だな」

「人材不足は深刻だからな。誰かさんが余計なことをしたせいで」

「ん? 誰のことだろうねー!」

「叔父上のことだが? まあ、こうしてロゼッタが料理をする姿を見て、会話をしながら食事できるのは嬉しいいな」

「うんうん。私に感謝してほしいぞ、アーネスト。具体的に言うと、一緒に王家を潰したい」

「……厚顔無恥《こうがんむち》というのは、叔父上のような人間に使う言葉なのだろうな」

随分と物騒な会話だ。

ロゼッタは会話を聞いていない振りをしながら、料理の盛り付けをする。そしてトレイに料理を載せて、罵り合うふたりのテーブルへと向かう。

料理を運ぶ様子を、アーネストとグラエムはじっと見つめた。

「アーネスト様、できました」

「いただこう」

料理を並べると、アーネストは無表情だが優雅な所作で一品一品口に運んでいく。ロゼッタはそれを緊張した顔で見守った。

「……ふむ。うまいな」

小さくアーネストが呟くと、ロゼッタはふわりと花のような笑みを浮かべる。

「野菜のマリネとトマトスープは新鮮な食材を使っていますし、チーズペンネも四種のチーズをブレンドした自信作です。プロの料理人ではありませんが、お気に召したようで良かったです」

「なあ、私にはトマトスープはないのかい？」

グラエムがふて腐れた顔で言った。

「飲みたいのですか？」

「余らせても食材の無駄だ。仕方ないから飲んでやろう」

「気を遣わなくていい、叔父上。トマトスープはティナとフェイが喜んで平らげる」

アーネストはそう言うと、見せつけるようにスープを飲んだ。

「ふん。当主たるお前が使用人と同じ食事をしているのか？」

「戦《いくさ》の時は身分関係なく同じ食事を取るものだ。だから私は気にしない。それに、この状況でロゼッタ以外の人間が作った食事に手をつける方が問題だ。毒殺をされたらかなわないからな」

「だから、私が残してやった僅かな使用人たちを解雇にしたのか。慕われていないな」

「別にどうでもいい。ロゼッタの料理はおいしい。それは叔父上も分かっているだろう？」

「…………まああだ」

グラエムは鼻を鳴らすと、フォークを置いて口元をナプキンで拭う。料理は残さず食べてくれていたようだ。

「強がりを。そんなに綺麗に食べていたら、説得力はないな」

「出されたものはどんなにまずくても笑顔で食べろ。それが貴族の教えだろう」

「これから潰してやろうと思っている敵にも適用されるのか？　叔父上は聖人だな。毒を盛られないとも限らないのに」

アーネストがそう言った瞬間、グラエムはピタリと動きを止めた。

「……そういうことか。危うく騙されるところだったぞ」

「わ、わたしは毒なんて盛りませんよ！」

ロゼッタは両手を振りながら慌てて叫んだ。

「いいや違うな。私は確かに毒されていた。だが……その毒は、私にはもう効かんよ」

グラエムは立ち上がると、アーネストを冷めた目で見下ろした。

「勘違いしているようだが、私とアーネストは正反対だ。この程度で揺らぐほど、意志の弱い人間ではないのでな」

「それならばお帰りを」

「ああ。もう来ることもあるまい」

グラエムは食堂を出る寸前、ちらりとロゼッタへ視線を向けた。

「ロゼッタ・レイン男爵令嬢。君はやはりアーネストに相応しくない」

咄嗟に言い返せず、ロゼッタはギュッと拳を握りしめる。

ロゼッタとアーネストは黙ってグラエムの背中を見送った。そしてふたりの間に沈黙が落ちる。

「……勘違いしているのは叔父上の方だな。私は毒を利用する……非情な人間だ」

アーネストはロゼッタが厨房に後片付けに行った後、小さく呟いた。

庶民派令嬢ですが、公爵様にご指名されました

第五話　偽婚約者のお買い物デート

次の日。ロゼッタは朝食後にフェイから呼び出しを受けていた。

彼専用の執務室で、白くちょっと厚みのある封筒を渡される。

「こちらがロゼッタ嬢の給料になります」

「お給料、ですか？」

この厚みはもしかして、紙幣の束なのだろうか。さすがはカルヴァード公爵家の侍女の給料だと感心していると、フェイがヒュッと封筒を取り上げた。

「いらないのですか？」

「いいえ、滅相《めっそう》もない！　とってもいります！」

ロゼッタはジャンプをして封筒を取り返すと、胸にギュッと抱きしめた。

自然と笑みが浮かんでしまう。

「嬉しそうですね。早速、何か買うのですか？」

「はい。今日の午後は非番ですし、城下町に出ようと思います」

ロゼッタがそう言うと、フェイは顎に手を当てて思案顔になる。

「午後ですね。かしこまりました」

意味が分からずロゼッタは首を傾げるが、フェイが何も言わないのでそのまま仕事へ戻った。


午前の仕事を終わらせると、ロゼッタは昔の使用人が置いていった、アイボリー色の少し地味なワンピースに着替えてエントランスへ向かう。

そこには腕を組み、靴の爪先を規則的にコツコツと鳴らすアーネストがいた。

「……何故、旦那様がいるの？」

今日は誰も来客する予定はなかったはずだ。荷物でも待っているのだろうか。そんなことは、使用人のロゼッタたちに任せれば良いのに。

ロゼッタがじっとアーネストを見ていると、彼は目を泳がせた後、視線を逸らした。

「何故って、君がヘマをしないように監視するために来た。簡単に財布を掏《す》られそうだ」

「馬鹿にしないでください！」

「別に馬鹿になどしていないさ」

ロゼッタは頬を膨らませて抗議すると、エントランスを抜けてスタスタと歩き出す。

その後ろをアーネストはゆっくりとした歩調で付いていく。

「わたしに気を遣わなくても、一人で買い物ぐらい行けますよ。旦那様は、お仕事が忙しいでしょう？」

立ち止まり、ロゼッタはアーネストを見ずに言った。

「君は察しが悪いな。気分転換だ！　ずっと仕事ばかりでは息が詰まる。それに、城下町の様子も気になるからな」

「はぁ、分かりました」

ロゼッタは振り返り、仕方ないとばかりに溜息を吐く。

だが内心では、アーネストと行く城下町への期待で胸を高鳴らせている。

（このドキドキは別に深い意味はない。初めての場所が物珍しいだけなんだから）

ロゼッタはほんのりと頬を朱に染め、隣にいるアーネストを見た。

彼はシャツに黒のスラックスという、普段よりラフな格好をしている。

そのスタイルの良さと独特の冷たい雰囲気から、ただの平民にはとても見えない。良くて若き経営者、悪くて……闇社会の住人だろうか。

（……この人、本当に目立ちすぎるわ！）

チラチラと視線がアーネストと、どこからどう見ても平々凡々な娘のロゼッタへと向けられる。

女性からの視線には、なんでお前なんかがと責められているようで、少し居心地が悪い。

「どうしたんだ？」

「なんでもないです」

アーネストは領民の視線が一切気にならないらしい。さすが公爵様だ。

（まあ、誰が何を思おうといいか。せっかくの休暇だもの。楽しまなくちゃ！）

ロゼッタは弾む足取りで、カラフルな石畳《いしだたみ》の道を歩いて行く。

しばらくすると、たくさんの商店が建ち並ぶ、活気ある大通りへと出た。

「わぁぁああ！　とっても素敵」

そこはレイン領では見られないほど大勢の人たちでひしめき合っていた。

呼び込み合戦をする商人たちや、楽しそうに買い物をする家族、子どもたちの楽しそうな笑い声に、とても美味しそうな屋台の香りまでする。

生き生きとしたその光景に、ロゼッタはしばし魅入られた。

「この町が気に入ったか？」

「ええ、とっても！　旦那様はすごいですね。こんなにたくさんの人を元気にできるのですから」

カルヴァード公爵の噂の中には、領民に重税を課しているなんてものもあった。しかし、この光景を見たらそんなのは嘘だと断言できる。

「……ありがとう」

小さく呟かれた声が聞こえなくて、ロゼッタは小首を傾げた。

「今、なんと言ったのですか？」

「なんでもない！」

アーネストはそう言うと、ロゼッタの腕を掴んで歩き出した。

「君は危なっかしくて、はぐれてしまいそうだからな。しっかりと捕まえておくにかぎる」

「子ども扱いしないでください！」

アーネストはそのまま、どこかのお店へとロゼッタを連れ込んだ。

カランカランと鈴の音が鳴り、店の中にいた綺麗な女性店員たちが一斉にお辞儀をした。

「いらっしゃいませ」

店員の中でも一番年嵩《としかさ》の女性が、アーネストへ微笑みを向ける。

「おや、アーネスト様。お久しぶりですね」

「マダム・ヘイリー。どうして店員の真似事を？　あなたの仕事はデザインだろう」

「ここはわたくしの店ですので。店頭に立ってもおかしくはないでしょう。それに、店に立つと素敵な出会いがありますから」

そう言って、マダムはロゼッタにも微笑みを向けた。

「マダム。今日はロゼッタが町を散策するための服を見繕ってほしい。本当はドレスを注文したいのだが……」

「ド、ドレス!?　必要ありません！　というか、服もいりません！」

ロゼッタが首を振ると、アーネストは眉間に皺を寄せた。

「私が必要あるんだ。そのワンピースは、君に似合っていない」

「うっ」

バッサリとアーネストに指摘されて、ロゼッタはたじろいだ。

するとマダムは口に手を当てて上品に笑い出す。

「初々《ういうい》しいこと。お嬢様のことは、わたくしたちにお任せくださいね」

「え、ちょっと……」

そしてロゼッタは店の奥へと連行されていった。

「お嬢様、何かお好きな色やデザインはありますか？」

「……あまり派手ではないものをお願いします……」

「かしこまりました」

マダムは頷くと、店員たちに落ち着いた色のワンピースを持ってこさせた。

黒や茶、紺色のワンピースがずらりと並ぶ。確かに色は地味だが、肌を見せる部分が多かったり、ゴテゴテとしたデザインのものが多い。

すると、穏やかだったマダムの顔が突然、般若《はんにゃ》へと変わる。

「駄目よ、駄目駄目駄目よ！　初々しいお嬢様とアーネスト様の絵が台無しになるわ！　色が地味だったらなんでも良いわけじゃないのよ！」

「ですが、暗い色で大人しめのデザインだと、アーネスト様の隣に立ったら負けてしまいますよ」

女性店員の一人がそう言うと、マダムはギュッと目を瞑って祈り始めた。

「ああ、神よ。どうか、わたくしに啓示をください……」

「ど、どうしてしまったの……？」

困惑したロゼッタが呟くと、近くにいた女性店員が微笑んだ。

「マダムはデザインの神に祈り、お嬢様を一番輝かせる装いの啓示を賜《たまわ》ろうとしているのです」

「す、すごいわね」

「私も毎日デザインの神に祈っているのですが、まだ啓示を授けていただいたことはありません。早く、マダムのようになりたいです」

「頑張って、ね」

訳が分からないという言葉を、ロゼッタはそっと心に仕舞った。

「はっ！　啓示は輝かしい黄色と純真な白と出たわ。お嬢様、黄色はお好き⁉」

「……もう、お任せします」

ロゼッタはすべてを諦めた。


あれから何十着もワンピースを試着させられて、ようやくロゼッタは解放された。

選ばれたのは、白地にレモンイエロー色のチェックが入ったフレアワンピースだ。ウエストには同じ柄のリボンが結ばれ、スカートの裾にはたっぷりの白いレースがあしらわれている。焦げ茶色の編み上げブーツを履き、ロゼッタは一時間ぶりにアーネストの前に出た。

「ふむ。さすが、マダム・ヘイリーだ」

「ありがとうございます」

マダムはお辞儀をすると、スッとロゼッタの後ろに控えた。

「……どうですか？」

「そうだな……」

なんだかこのワンピースに自分が負けているような気がして、ロゼッタは不安になる。

アーネストはジロジロ見ると、ロゼッタの髪を一房取ってくるくると回し始めた。

「彼女のふんわりとした赤毛に似合う帽子はないかね？」

「こちらはどうですか？」

マダムは鍔《つば》の広い白の帽子をアーネストに渡した。

彼はロゼッタの髪を耳にかけると、そっと帽子を被せる。

「愛らしいな」

優しく耳元で囁《ささや》かれ、ロゼッタの顔はぽんっと赤くなった。

「あの……旦那様。このワンピースの代金は……」

アーネストはそっとロゼッタの口に人差し指を当てた。

「気分転換に君を飾り立てるのも悪くない。私が楽しんでいるんだから、邪魔をするな。それとも、この間のように私を怒らせるか？」

「いいえ！」

勢いよく否定すると、アーネストはロゼッタの腕を掴んでそのまま店を出た。

「ありがとうございます、旦那様！」

ロゼッタがお礼を言うと、アーネストは立ち止まる。

不思議に思って彼の顔を見上げれば、彼は不機嫌そうに顔を顰めていた。

「……アーネストだ」

「え？」

「アーネストと呼べ。……偽とはいえ、婚約者なのだから」

「……そうですね。偽とはいえ、婚約者ですもの」

偽の婚約者だというのは分かっているのに、ロゼッタの胸の奥はズキズキと痛む。

アーネストの顔を見ないように、ロゼッタは俯いた。

「それと、その丁寧口調もやめろ。ティナと接するように気兼ねない感じでいい」

「……分かったわ、アーネスト」

思いがけない言葉に、ロゼッタは目を瞬《しばた》かせる。

アーネストはロゼッタと腕を絡み合わせ、まるで恋人同士のように密着する。

「分かれば良いんだ、ロゼッタ」

そして再びロゼッタとアーネストは歩き出す。

今度は並んで、一歩一歩を惜しむようにゆっくりと。

「カルヴァード領の城下町には、様々な見所がある。案内してやってもいいんだぞ」

「でも今日は買い物に来たのよ」

「私は気分転換に来た」

「面倒な人ね」

偉そうなアーネストを見て、ロゼッタはクスクスと笑い出す。

「そうだ。面倒な男が君の雇い主だ。不満か？」

「不満ね。意外と野菜の好き嫌いがあるし」

ロゼッタがからかうと、彼は不満そうに唇を尖らせた。

子どもみたいで可愛いとロゼッタは思ってしまう。

「き、君にだって苦手なものの一つぐらいあるだろう」

「確かに、ティナの作る料理は苦手だわ」

「好きな奴なんて存在するのか……？」

和《なご》やかに談笑しているうち、ロゼッタは目的地に着いた。

古びたレンガ造りの店で、薬草の絵が描かれた看板が立っている。

「あ、ここに用があったの」

「……薬屋か？」

「そうよ」

ロゼッタはアーネストと手を繋いだまま、薬屋へと入った。

「ごめんください」

中に入ると、店の奥で気難しげな老人が一人座っていた。

ロゼッタは商品の置かれた棚を見て、目的の物を見つける。

「あった！　レイン領には置いていなかったのよね」

水色の液体が入った小瓶を手に取った。

「……君はこの薬を買うために働いていたのか？」

「ええ、そうよ。これで、お姉様の病気が治るわ！」

棚に置かれた薬をすべて買うと、ロゼッタは満面の笑みを浮かべた。

だが、アーネストは少し不満そうだ。

「自分の物は買わないんだな」

「わたしの贅沢《ぜいたく》とお姉様の病気が治ることを天秤にかければ、別に不自然なことじゃないと思うけど？」

「だが、君の姉の病気は何年か療養していれば治るものだ。薬がなくとも、時間をかければ治癒する」

「……もし、お姉様に今、他の病気が見つかったら？　免疫力が落ちているのに、そんなことになれば……死んでしまうかもしれない。そんなのは絶対に嫌よ」

「……ロゼッタ……」

ロゼッタは真っ直ぐにアーネストを見た。

彼は難しい顔をしていて、何か葛藤しているように思える。

「わたしはお姉様の笑った顔が好き。お姉様の奏でる竪琴の音色ほど美しい旋律を聴いたことがないわ。温かくて、優しくて……自慢のお姉様なの」

ロゼッタはただ素直に、ありのままの気持ちを言葉にのせる。

「それに、今日はわたしにとって贅沢な日よ。アーネストが貧乏貴族のわたしを、こんな素敵な女の子にしてくれたんだもの！」

その場でひらりとスカートを靡《なび》かせる。

すると、アーネストは繋いだ手にキュッと力を込めた。

「べ、別に大したことじゃない。ただの気まぐれだ」

「ええ、ありがとう。わたしは幸せ者だわ」

「君は……姉が病気で寂しい思いをしなかったのか？」

ロゼッタは少しだけ考えて、朗らかな笑みを作る。

「確かに寂しいと思うこともあったわ。でも、両親もお姉様もわたしを愛してくれた。そこに偽りはないと信じているもの」

「……偽りはない、か。君はもしも……信じていた家族が過ちを犯していたらどうする？」

強ばったアーネストの問いに、ロゼッタは偽りのない言葉で向き合う。

「疎《うと》まれても、詰《なじ》られても、説得をするわ。人は間違う生き物だもの」

「……その説得が通用しなかったら？　家族が罪に問われたら？」

「そうね……迷惑をかけた人に家族と一緒に謝りに行くわ。もしもその罪がとても重いものなら、一緒に償《つぐな》う。死ねというのなら……死ぬわ。だって、家族を止められなかったのは、わたしの責任だもの。まあ、すべて想像なのだけど」

家族とはいえ、違う人間なのだから、そこまでしなくても良いのかもしれない。しかし、ロゼッタは家族をとても愛しすぎていた。

「いいや、君はそれを実行するだろう。姉を庇って、私の元に来るぐらいだからな」

「最初はアーネストのことが怖くて腹立たしかった。でも、今は違うわ。こうして目を見て、会話をして、心に触れた。噂のカルヴァード公爵はとっても怖い人だけど、わたしは実際のカルヴァード公爵がとても優しい人だって知っている」

「……私は優しくなどない」

冷たい真紅の瞳をロゼッタに向けながら、アーネストは言った。

「優しいわ。だって見て、あなたの領民は飢えることも、怯えることもなく、生き生きとしている。こんな町を作れる公爵様は素敵な人に決まっているもの」

叱るようにロゼッタが言うと、アーネストは優しげに目を細めた。

「……君の見える世界が、私にも見えたらいいのにな」

「？　わたしたちは今、同じものを見ているでしょう」

「そうだな」

ふと、アーネストは真剣な顔をしながら、ロゼッタの頬を両手で包み込んだ。

「もしも……私が公爵でなくとも、君は今までと同じように接してくれるか？」

「当たり前じゃない」

たとえば、アーネストが平民になったからといって、ロゼッタは態度を変えたりしない。別にロゼッタは、アーネストが公爵だから傍にいる訳ではないのだから。

「そうか。……ならばいい」

「変なアーネスト」

「君は失礼な人だな」

「怒らせてしまったかしら。ごめんなさい」

「許さない。だから、私の気分転換に付き合ってもらおう」

アーネストは再びロゼッタの手を絡め取り、歩き出した。

「どこへ行くの？」

「城下町の南に、君の瞳と同じ美しい碧色の湖がある。今の時期は湖の周りをコスモスが囲んでそれは美しい景色らしいぞ。私はそれを君と見に行きたい」

強引な誘いだったが、ロゼッタはそれが何故か嬉しくて堪らない。

「い、いいわ。行きましょう。でもその前に、あそこの雑貨屋さんで茶葉を買ってきてもいいかしら。ティナに頼まれたの」

ドキドキとした気持ちが繋いだ手からアーネストに伝わってしまうのが怖くて、ロゼッタは隙を見て手を離した。

「ロゼッタ！」

「すぐに戻るから！」

ロゼッタは振り返ってアーネストに手を振ると、雑貨屋に駆け込んだ。

雑貨屋の中には、若い男性の店主と十歳ぐらいの少年が商品を見ているだけだった。

ロゼッタはアーネストの元に戻るため、手早く茶葉の缶を二つ手にとってレジへと向かう。

「こちらをいただけるかしら？」

「はい、ただいま」

店主は紙袋に茶葉の缶を詰めると、それをロゼッタに渡さずレジの下にしまってしまう。

「えっと、何かあったのかしら？」

訝しんだロゼッタが問うと、店主は作り物めいた不気味な笑みを浮かべた。

「ええ、ありますよ。あなたにはご退場願いませんと」

店主はロゼッタの腕を強く掴んで引き寄せると、何か薬品の塗られた布を口元に押しつけてきた。

「うぐっ」

「おい、止めろ！」

それを見ていた少年が店主に体当たりをした。

だが、それは店主をよろめかせるだけで、倒すまでには至らない。店主は少年の髪を乱暴に掴むと、拳を振り上げた。

「失せろ、ガキが」

「駄目ッ！」

ロゼッタは咄嗟に叫ぶと、震える足を一歩踏み出した。

「わたしが狙いなんでしょう？　それなら、大人しくついていくわ。代わりにこの子を見逃して」

「いいだろう。この子どもは使えるからな」

店主は少年を古く擦れた縄で柱に縛り付け、白い上質な封筒を持たせた。そして、少年の耳元で何か囁くと、彼の腹を強く殴った。

「かはっ」

「ちょっと！　話が違うじゃない」

少年に駆け寄ろうとするロゼッタを、店主は手で制した。

「安心しな。これ以上は何もしねーよ。気絶させたかっただけだ」

少年の身体は呼吸と共に動き、顔色も悪くない。店主の言う通り、少年は気絶しているだけのようだ。

「さて。エスコートしましょう、お嬢様」

震えるロゼッタを見てにやけながら、店主は腕を縄で縛って目隠しをし、裏口から馬車でロゼッタを連れ去った。

☆

アーネストはそわそわと雑貨屋からロゼッタが出てくるのを待っていた。

徹夜続きの毎日に疲れ、癒やしを求めてロゼッタを誘って城下町に来てみたら、本当に気分転換になった。

くるくると変わる表情は面白いし、自分好みの服を着させたら満足感を得ることができた。以前、看病した時のように甘えては来ないが、時折彼女の見せる笑みはとても可愛らしい。

（ロゼッタは、愛情深い娘なのだな）

家族のためならば、命も捨てられる。そんな人間は貴族の中ではごくごく少数だ。

貴族のほとんどは一番に家を考え、長男は後継者、次男はスペア、娘たちは政略結婚の駒、結婚相手は家の利益になる者という考え方だ。

その考えをロゼッタは易々《やすやす》と乗り越えていく。あまり他の貴族家と関わりを持たないレイン男爵家に生まれたから、あんなにも家族思いの人間に育ったのだろうか。

（……自分には縁のない話だ）

両親はアーネストを大切にしてくれたが、それは一人息子である程度出来が良く、従順だったからかもしれない。友人の王太子や幼馴染みのティナとフェイですら、アーネストの身分ありきの関係だ。

……きっと自分は彼女の温かい手を掴みたいと思っているのだ。

ロゼッタに愛された男は幸せだ。身分や権力や財産に関わらず、自分自身を見てくれるのだから。

「……おかしい。あまりにも遅すぎる」

アーネストは時計を見ながら呟いた。

ロゼッタが雑貨屋に入ってから、もう十五分が経過している。いくら女性の買い物が長いとはいえ、茶葉を選ぶだけでこんなに時間がかかるだろうか？

（まあ、大丈夫だろう。ロゼッタには、ティナが付いていっただろうし……）

ふと視線を逸らして隣を見ると、ここにいるはずのないティナが地面に蹲っていた。

「ロゼッタ遅いね」

「おい、ティナ！　どうしてここにいる⁉　ロゼッタを守れと言っただろう」

「あたしはあくまでも旦那様の護衛ですからー。さすがに旦那様を一人置いてロゼッタのところへ行く訳にはいかないよ。分身の術ができればいいんだけどね」

アーネストは怒りを湛《たた》えた顔で、ティナを睨み付ける。

「せめて、私にロゼッタの護衛ができないことを報告しろ」

「まあ、一応頼れる子分にロゼッタの護衛を任せているんで安心してくださいな」

ティナはそう言って元気よく立ち上がった。

それと同時に、雑貨屋の中から平民の少年が飛び出した。そして真っ直ぐにティナの元へと駆けてくる。

「テ、ティナ姉ちゃん！」

少年の焦った様子に、ティナとアーネストの目が細まる。

「何か不測の事態が起こったみたいだねー」

「……頼れる子分たちじゃなかったのか？」

「教育期間中なもので。人員をもっといただけるのなら、完璧な警護をしてみせるんですけど」

少年は息を切らしながら、涙目でティナを見上げる。

我慢できなくなったアーネストは、少年の前に立ちふさがった。

「何があった」

冷静に問いかけると、少年は身振り手振りを交えて必死に説明する。

「店主が、赤毛の可愛い姉ちゃんを連れ去って行ったんだ……！　オレ、気絶してて追いかけられなくて……ごめんなさい」

「もういい。誘拐犯は何か言っていなかったか？」

「これを……黒髪の目つきのとびっきり悪い兄ちゃんに渡せって……」

少年は握りつぶしていた白い封筒をアーネストに差し出した。

「目つきが悪いのは残念ながら生まれつきだ」

溜息を吐くと、少年から渡された手紙を読む。

そこには見慣れたグラエムの字で、ロゼッタを攫ったことが書かれていた。しかもご丁寧に、ロゼッタの監禁場所の地図まで描かれている。

アーネストとティナは雑貨屋の中に入ると、誘拐の痕跡がないか調べ上げた。

「争った形跡はなし。少年を庇って、自ら連行されたのか」

「ロゼッタがあの方の手駒だとは考えないの？」

「考えられないな」

ロゼッタは自分みたいに嘘が上手ではない。

この短期間の生活の中で、アーネストは確信した。もしもロゼッタがグラエムの手駒ならば、アーネストに見る目がなかっただけだ。その演技力は尊敬に値するだろう。

アーネストは裏口から通りに出ると、石畳に黒い車輪の跡を見つけた。

随分と急いでこの場を離れたようだ。

「……こちらの想定よりも、叔父上の行動が早すぎるな」

「どうする？　潰す？」

「……そうだな。いい加減、年寄りにはご退場願おう」

決意を込めた目で前を向いて言うと、ティナがニシシッと不気味に笑う。

「それはとっても良い考えだね旦那様」

「おい、少年。彼女を守れなかったことを悔やむのなら、今からカルヴァード公爵家まで走れ。そしてフェイという執事に今起きたことを説明しろ。そうすれば、傷の手当てぐらいしてやれる」

「は、はい！」

少年は元気よく返事をすると、カルヴァード公爵家へと走り出す。

怖い思いをしたはずなのに彼の足取りは乱れた様子もなく、一心不乱に命令通り動く姿は、なかなか将来を期待できると思った。

「ティナは手筈《てはず》通りに」

「りょうかーい！　でも、旦那様はどうするの？」

アーネストは手紙をビリビリに引き裂いた。

「私か？　せっかくの叔父上の招待なんだ。正々堂々、お相手するだけさ」

「かしこまりました」

ティナは一礼すると、スッと路地裏に消えた。

アーネストは馬車の進んだ方向を見て、僅かに拳を震わせる。

「無事でいてくれ、ロゼッタ。今、助ける」

彼女の教えてくれた覚悟を持って、アーネストは走り出した。

☆

初めは揺れのなかった馬車も、しだいにガタガタと揺れ始めた。

ロゼッタは目隠しされながらも、必死に頭を回転させる。

（城下町を出たのかしら？　逃げ出したいけれど、視界の奪われた状態では取り押さえられてしまうわね）

自分の無力さを噛みしめながら、ジッと耐えていると馬車が停まった。

ロゼッタは誘拐犯の男に荷物を担《かつ》ぐように抱えられ、そのまま品の良い香《こう》の焚《た》かれた建物に入った。

コツコツと階段を上る音がして、しばらく経つと暖かな部屋へと着く。

そしてようやくロゼッタは床に下ろされ、手足を縛っていた縄と目隠しが外された。

「やあ、少し見ない間に芋臭さがキツくなったんじゃないか？」

「グラエム・カルヴァード」

予想通りの人物を前にして、ロゼッタは意外なほど冷静だった。

それが面白くなかったのか、グラエムは眉を釣り上げる。

「おやおや、年長者を呼び捨てかい？　さすが男爵家。教育がなっていないね」

彼の後ろには、帯剣した護衛と中年の侍女がいる。とてもじゃないが、逃げられる雰囲気ではない。

「不快にさせてしまったでしょうか？　生憎《あいにく》、誘拐犯に気を遣うほど人格ができていませんの」

「挑発的な目だねぇ」

悪びれた様子もないグラエムを見て、ロゼッタは怒りを爆発させる。

「どうしてアーネストを悲しませるようなことをするの！　使用人を奪って、望んでもいない王座に座らせようとして……あなたはアーネストを利用して自分の野心をそんなに満たしたいの⁉」

「……ふむ。お嬢さん、少し昔話をしてもいいかね？」

グラエムは髭《ひげ》を撫でながら懐かしむように目を細めた。

「アーネストは両親に愛された子どもだった。欲しいものはなんでも与えられ、様々な才能にも恵まれ、何不自由なく育った。しかし、彼が十四の時……両親の乗った馬車が公爵家に不満を持つ領民に襲撃された」

「……アーネストの両親は……」

「殺されたよ。一緒に乗っていた……今もアーネストに使えている執事と侍女の両親も殺された」

「……酷い」

何故、グラエムがこんな話をするのか分からない。

だけど、ロゼッタは素直に襲撃者に殺された人たちの死を悼《いた》んだ。

「ちなみに襲撃者の動機は逆恨みでね。公爵家に賄賂を贈って、自分の商会をもっと大きくしようとしていた。けれどそれを断られたから襲撃を実行したらしい」

「勝手だわ」

「私には子どももいなかったし、アーネストも成人を迎えるまで数年だ。だから、彼をカルヴァード公爵にして、私が後見人となることにした。最初のアーネストの仕事はそう……両親を殺した愚かな商人に、罪状を言い渡すことだったよ」

「何がおかしいの」

「あの時のアーネストの顔は傑作だった！　表情を凍らせて、悲しみなど悟らせず、冷血な悪魔だと罵られても淡々と罪状を告げたんだからね！」

興奮した様子でペラペラと話すグラエムを見て、ロゼッタは眉を顰める。

「……あなた最低だわ。それほどまでにアーネストが憎いの？」

「逆だよ。とっても愛している」

言葉通り、グラエムは慈悲に満ちた顔で言った。

「歪んでいるわ」

「そうかもしれないね。でもその時、私はアーネストの才覚に痺れたよ。十四の子どもが、こんなにも自分を律せるなんて……この子は公爵の器にしておくのはもったいないと！」

グラエムの興奮は高まり、目は徐々に血走っていく。

ロゼッタは言いようのない恐怖に苛《さいな》まれながら、彼の話を聞いてしまう。アーネストを理解したいという、愚かな思いを抱いて。

「そうは思っても、アーネストを王座に押し上げようとは思わなかったよ。一番大事なのはカルヴァード公爵家だ。私もアーネストもこの領地の安寧《あんねい》だけを望んでいた。それなのに――」

グラエムはダンッと思い切り床を踏みつけた。

「先王はアーネストの両親が死んだことをこれ幸いにと、力をつけてきたカルヴァード領に難癖を付けて多くの税を納めさせた！　貴族共は面白おかしくアーネストの低俗な噂を撒《ま》き散らして評判を地に落とし、カルヴァード公爵の利権に貪《むさぼ》り食うように群がった。そのすべてに……まだ若いアーネストは対処してみせた」

怒りと悲しさと悔しさが混じり合い、グラエムは苦しそうな顔で言った。

「グラエム様はアーネストを支えていた、と言いたいのですか？」

ロゼッタは複雑に思いながらも呟く。

今のグラエムはアーネストの敵だ。彼の話を鵜呑《うの》みにしてはいけない。

だが、彼の力強い意志の込められた言葉に、両親を失ったばかりで一番大変だったアーネストを支えたのは、グラエムかもしれないとも考えてしまう。

「そうさ。薄汚い貴族たちに媚びを売り、時には貶《おとし》めて……アーネストとカルヴァード領を守ってきた。兄夫婦が死んでから五年以上経って、やっとカルヴァード領は以前のような賑《にぎ》わいを取り戻した。王座を狙っていると噂を立てられたのも、この頃だな」

「……噂を真実にしようと思ったのはどうしてですか？」

「その頃は、頻繁にアーネストは暗殺者に狙われていた。あの子を守るために、私自ら捉えた暗殺者に尋問をすることもあった。そして知ったのだよ。商人の逆恨みかと思っていた兄夫婦の襲撃事件が、先王によるものだと」

グラエムと初めて会った際、彼がアーネストと言い争っていた内容を思い出してロゼッタは目を見開いて驚いた。

「アーネストの母は現王の妹です。それはつまり、先王の娘ではないですか」

親が自分の娘を殺すということがロゼッタには理解できなかった。

「義姉《あね》は通常の政略結婚と同じに、両家の繁栄と縁作りのために嫁いできた。それは上手くいったよ……いいや、上手くいきすぎたというべきか」

「……このことをアーネストは知っているのですか？」

「知るわけないじゃないか！　……教えられる訳がない……」

グラエムは血が滲《にじ》むほど強く拳を握る。

「だから私は復讐をすると決めた。兄夫婦を殺し、アーネストを苦しめた先王を必ず殺してやろうと……」

「でも確か……先王は三年前に……」

先王は確か、家族と家臣に見守られて息を引き取ったはずだ。

殺されてはない。

「そう、老衰で死んだ。私が苦しめて苦しめて苦しめて殺すはずだったのに、呆気《あっけ》なく死んでしまったよ。行き場のない憎悪をぶつける場所をなくしてしまった私は、残った王家を滅ぼそうと思ったのだよ」

「でも、アーネストは拒否しました」

「反抗期なのかなぁ。王家にやられていることは覚えているはずなのに、拒絶されてしまった。だから、私はアーネストにお灸《きゅう》を据えてやるために、使用人たちをアーネストから奪ったんだ。誰のおかげで、カルヴァード公爵の地位にいられるのか、再認識させないとね」

アーネストの生き方とグラエムの思惑が繋がった。

ロゼッタはカルヴァード公爵家で過ごした日々を思い出す。

彼はいつだって難しい顔をしていたけれど、決して非道なことはしなかった。

「アーネストは優しい人よ。復讐なんてせずに、胸の内に秘めてずっと苦しむような人間だわ。どうして彼の望むことが分からないの？　アーネストはきっと、あなたの支えを必要としている」

彼は優しい。グラエムに裏切られても、彼を害することはなかった。

言い合いをしている時だって、どこか寂しそうにしていた。アーネストはグラエムを今でも家族だと思っている。

「うーん。やっぱり君はアーネストにとって危険だねぇ」

グラエムは軽い口調で言うと、護衛に剣を抜かせてロゼッタの眼前に突きつけさせた。

「……わたしを殺すの？」

ロゼッタが恐怖を誤魔化すように睨み付けると、グラエムはにんまりと笑みを浮かべる。

「いいや、殺さないさ。利用させてもらうよ」

「利用ですって？」

「私は君よりもアーネストの性格をよく分かっているよ。あの子はとっても優しい。だが同時に興味のない人間には非情だ。だから、妻には愛せない女性を据えようと思っていた。何故なら、愛した人は弱点になるからねぇ」

「……あなた！」

「君に刃を突きつけて脅せば、アーネストはきっと王座を手に入れるために動いてくれるだろう」

アーネストはロゼッタの看病をしてくれた。気分転換だと言って城下町を案内してくれた。そこまでされて、アーネストがロゼッタをどうでも良いと思っているなんて考えられるほど愚かではない。

彼がロゼッタのために罪を犯す。考えただけで泣き叫びそうだった。

「卑劣な！」

「とても心地よい響きだね」

グラエムがロゼッタを見下ろして笑っていると、部屋の中に別の年配の侍女が入ってきた。そしてグラエムに耳打ちすると、また部屋から出て行ってしまう。

「おっと、ちょうどアーネストがお見えだ。私の言った通りに一人で来るなんて、良い子だね。まあ、アーネストから戦力を奪ったのは私なんだけど」

「やめて！　これ以上……アーネストを傷つけないで」

ロゼッタの悲痛な叫びも虚しく、黒髪の美しい青年が扉から姿を現す。

「これは……酷い歓迎だな。あちらにいるのは、私の婚約者に見えるのだが」

「もちろん、本物さ。交渉をしようか、アーネスト」

護衛はロゼッタに剣先を突きつけたままだ。

アーネストは眉間に皺を寄せて、グラエムを睨み付ける。

「交渉とは、対等な人間がするものだと思うのだが」

「そうだったかな。最近、忘れっぽくてねぇ」

ポンポンと耳を叩きながらとぼけるグラエムを見て、アーネストは溜息を吐く。

そしてアーネストはグラエムにゆっくりとした歩調で近づいた。

「それで、叔父上の要求はなんだ」

「余裕ぶっちゃって。お前が内心怯えているのは知っているよ」

「さて、それはどうだか」

「ふふっ、遠慮なくいかせてもらうけどね。さて、アーネスト。この紙にサインしてくれるかな」

グラエムが突きつけた書状を、アーネストは無表情で読む。

「王座を奪うため、反王家の貴族たちと同盟を結べというのか。すでに多くの貴族の名が書かれているな」

「そうそう。だからアーネストも気兼ねなく署名してくれ」

「……断ると言ったら？」

「そんなことはしないよ。お前の弱点は私の手の内にあるのだからね」

グラエムは中年の侍女に羽根ペンを持って来させる。

アーネストはそれを受け取った。

「駄目よ、アーネスト！　王座なんて、あなたには似合わないわ」

彼は幸せになるべき人間だ。

ロゼッタは恐怖を押し殺して訴えかけた。

「ほう。アーネストが王家に劣ると？」

グラエムが怪訝な顔をするが、ロゼッタは負けずに言い返す。

「そんな利権ばかりに気を取られている貴族たちと組んで、本当に王家を滅ぼせると思っているの？　仮に王座を手に入れたとして、アーネストが笑っていられるはずない！　幸せになんてなれっこないわ！」

「知った口を。黙れ、男爵家の小娘風情が！　おい、少し痛めつけてやれ」

「黙るのはあなたの方だ」

彼が口を開いた瞬間、護衛の男が命令を実行するよりも早く、中年の侍女が一撃で昏倒させる。

「なっ！」

驚くグラエムだったが、すぐに中年の侍女に取り押さえられる。

彼女の鮮やかな身のこなしに呆然としていると、先ほどまでの余裕が嘘のように焦るアーネストがロゼッタに駆け寄った。

「大丈夫か⁉」

「え？　え？」

「怪我はないようだな。本当に良かった、ロゼッタ」

そう言って、アーネストはロゼッタを強く抱きしめる。

「く、苦しいわ……」

「す、すまない」

慌ててアーネストは身を離すが、両手はしっかりとロゼッタの肩を掴んでいた。

「ひゅー、お熱いね。お二人さん！」

中年の侍女がグラエムを押さえつけながら囃《はや》し立てる。

この緊張感のない言動。覚えがある。

「え……もしかして、ティナなの⁉」

「そうでーす！」

ティナはポケットからハンカチを取り出すと、それで自分の顔を拭いた。

すると皺のあった顔は卵のようなツルツルした肌に戻り、目元のクマやシミがすべて消える。彼女の化粧の技術はすごいと思ってはいたが、ここまでとは思わなかった。

「すごいわね」

「まあね！　ちなみに傷とかも化粧で作れるよ。やってみる？」

「それは遠慮するわ」

「そう、残念」

ティナはニカッと笑うと、這《は》いつくばるグラエムをグリグリと踏みつけた。

「ぐぅぇ……アーネスト！」

助けを求めるグラエムを、アーネストは冷めた表情で見下ろした。

「終わりだ、叔父上」

「王座を手に入れるんだ、アーネスト！　それこそがカルヴァード公爵家の悲願だ」

「それは叔父上の悲願でしょう」

「お前は王家の悪行を知らないから、そんなことを言えるんだ！」

「……知っているさ。カルヴァード公爵家を恐れ、先王が両親を暗殺したことぐらい」

絞り出すような言葉に、ロゼッタは胸が痛くなる。

「……アーネスト、知っていたのね」

「それでも私は王座なんていらない」

アーネストはハッキリと言うと、ロゼッタから離れてグラエムに近づいた。

「王太子殿下に、カルヴァード公爵家が反逆を企てていることをお話しした」

「そんなもの証拠がなければ罰することはできないだろう」

「証拠ならあった。この屋敷の使用人が私に渡してくれたさ。今、フェイが王太子殿下に届けている」

淡々としたアーネストの言葉に、グラエムは目を見開いた。

ティナは小馬鹿にするように鼻を鳴らす。

「うんうん。見た目通り、アンタは人望がないねぇ。旦那様も人望はあまりない方だけど、代わりに何があっても味方する少数の人間がいるから、アンタよりも上だよ」

「……早くから私を進んで裏切ったように見せ、あなたの隙を窺っているカルヴァード公爵家の使用人が数人この屋敷にいる。おかげで証拠集めはそれほど難しくなかった。必要なのは覚悟だったさ」

「アーネスト、王家に付けいる隙を見せたらどうなると思っているのだ！　今度こそ、カルヴァード公爵家を消されてしまうぞ！」

「……隙を見せたのは叔父上の方だろう」

アーネストは悲しそうに眉を下げた。

「あなたが言ったのだ。これはどちらかが破滅するゲームだと。だが、私は人の思い通りに動くのが嫌いでね。二人で破滅する道を選ぶことにした」

「お前が私に従うか、私を殺すか、その二択で良かったんだ。共に破滅など……」

弱々しい声で、グラエムは呟いた。

「当主として、叔父上を制御できなかった私が悪い。だから共に罰を受けよう」

アーネストがどんどんロゼッタから離れて行く。

こんな誰も笑顔になれない結末なんて、認めたくない。

「待ってください……！」

ロゼッタは一縷《いちる》の望みをかけて声を上げた。

「……ロゼッタ？」

「グラエム様は、王座なんて求めていなかったのではないですか？　……本当は、アーネストに自分の復讐心を砕いてほしかったのではないですか？」

わざわざアーネストに言伝《ことづて》を残す形でロゼッタを攫い、彼の過去や王家との関係を話すなんて、グラエムからすれば無駄なことだ。

王家転覆を謀りたいのなら、アーネストを上手く丸め込めば良いのに、彼に嫌われることばかりしているのもおかしい。王家への復讐心を燃やして計画を進めようとしているのに、何度もアーネストの意志を問うている姿は、ちぐはぐな印象を受けた。

「……違う」

グラエムは苦しそうに呟いた。

ロゼッタは、真っ直ぐにアーネストと同じグラエムの真紅の瞳を射貫《いぬ》く。

「いいから素直になりなさいよ！　アーネストがいなくても、あなたは復讐に走れた。それなのにこんな回りくどいやり方をしたのは、どこかで間違っていると思っていたからではないの？」

これは賭けだ。

ロゼッタにとって、グラエムは理解しきれない人間だ。しかし、アーネストの叔父として、彼の意志を大切にしてほしいという勝手な理想を口にしたのだ。

「…………今更遅い。王家に知られたのであれば、私の首だけの問題ではなくなっただろう」

実際に行動をしなかったとはいえ、反王家の貴族たちと同盟を結ぼうとしていたのは事実だ。それを王家に知られればどうなるかなんて、ロゼッタでも想像がつく。

「……アーネストとグラエム様が死んで、カルヴァード公爵家がなくなるのを受け入れなければならないの？　そんなのは嫌よ。……嫌なのよ」

「……ロゼッタ」

アーネストは確実に公爵位と領地を没収される。平民の身分に落とされるのはまだいい。国王陛下の裁量で、死刑になることだってあり得る。

「ここでお別れなの？　あなたの力になりたいって思ったのに……。家族と仲直りもさせてあげられない」

離れたくなくて、だけど彼らを止められなくて、ぐちゃぐちゃになった想いが涙と一緒に溢《あふ》れていく。

「…………ロゼッタ」

「何よ」

アーネストはロゼッタの涙の雫《しずく》を拭き取った。

「……実は嘘なんだ」

「……嘘って？」

ロゼッタが小首を傾げると、アーネストはバツの悪そうな顔をした。

「王家に報告したのは嘘だ。カルヴァード公爵家は王家には反意がなく、叔父上の行動は私が監督し、すべて王家の敵を炙《あぶ》り出すためだったと王太子に報告している。だから罪には問われない。むしろ、王家への貸しになる」

「な、なんですってぇ⁉　どうして、そんな嘘を吐いたのよ！」

ロゼッタが責め立てると、アーネストはあからさまに目を逸らした。

「……叔父上を完膚なきまでに叩きのめしたかったんだ。使用人を奪うし、勝手な行動を取るし、ロゼッタを泣かせるし……」

「泣かせたのはあなたよ！」

驚きでロゼッタの涙は引っ込んだ。

アーネストはポンッとロゼッタの頭を撫でると、グラエムに威圧的なカルヴァード公爵の顔を見せる。

「叔父上のしたことは許されないことだ。だから、生きて償ってくれ。このカルヴァード領、ひいてはこの国のために」

「それがお前の望みか？」

「そうだ。私もカルヴァード領と国と……家族のために尽くす」

グラエムは一度目を瞑ると、穏やかな笑みを浮かべる。

「分かったよ。敗者は勝者に従うのが定めだ」

ティナが拘束を解き、グラエムはよろよろと立ち上がる。

「……アーネストって、意外に策士だったのね」

彼は優しい。だけど、貴族的な強《したた》かさも兼ね備えていた。あながち、アーネストの噂も嘘ばかりではないのかもしれない。

（不器用で優しいアーネストも、強かで頼もしいカルヴァード公爵も、どちらもあなたなのね）

そんなことを思っていると、グラエムがロゼッタを見て笑い始めた。

「今頃気がついたのかい？　いいだろう、ロゼッタ。叔父様が色々とアーネストのことを教えてやろう。それで君を危険にさらしたことは許してほしい。……ところで、孫の顔はいつ見られそうだい？」

「え？」

「やっぱり隠居しろ！」

アーネストは顔を真っ赤にさせて叫んだ。

庶民派令嬢ですが、公爵様にご指名されました

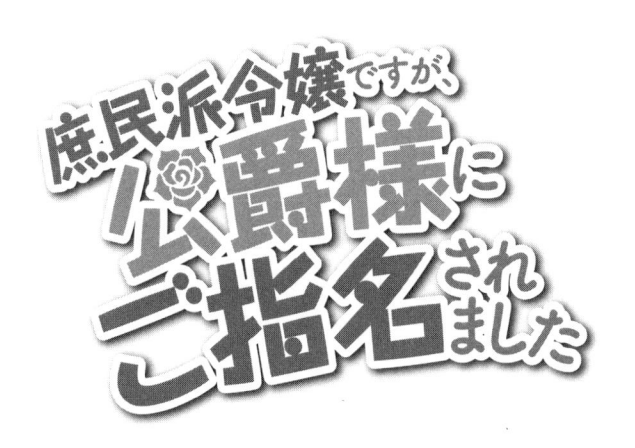

エピローグ

ロゼッタの誘拐事件から四週間が経った。

あれから、グラエムの反逆は内々に収められ、これから死ぬまでカルヴァード領に尽くし続けるという罰を与えられた。そのため、グラエムはカルヴァード公爵家に毎日通うようになった。彼の顔は憑き物が落ちたかのように朗らかで、今は本当にカルヴァード領のためになる仕事をしている。

アーネストから奪った使用人たちは、グラエムの元にいても忠誠心を忘れなかった者たちだけ戻ってくることになった。

彼らが戻ってきてから、ロゼッタの仕事はどんどん減った。皆、彼女が仕事をしようとすると、慌てて奪うのだ。フェイに聞いたところ、貴族のロゼッタに仕事をさせることが恐れ多いのだという。貧乏貴族だから気にしなくていいというロゼッタの言い分も、彼らには通用しなかった。

元々、アリシアの代わりに来ただけだ。実家からは姉が回復し、もう仕送りはいらないから帰ってきなさいと手紙が来ている。ここにいると何故か胸が苦しいので、もしかしたら都会の空気が合わないのかもしれない。

自分の居場所はもうないのだと悟ったロゼッタは、カルヴァード公爵家を出ることにした。

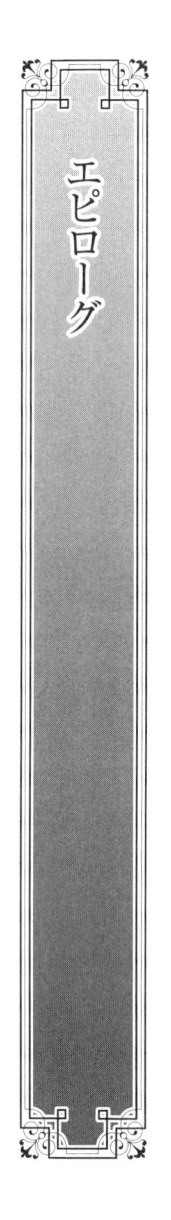

「よしっ」

ロゼッタはがらんどうになった自分の使用人部屋を見た後、侍女服のエプロンの紐《ひも》をきつめに縛った。

「おはよう、ティナ！」

廊下に出ると、いつもと変わらずティナは欠伸をしながら、怠そうに廊下を歩いていた。

「気合い入っているねぇ、ロゼッタ」

「当たり前でしょう。今日はわたしの侍女生活最後の日なんだから」

そう言ってロゼッタは拳を握る。

今日の午後にロゼッタはレイン領へ出発する。その前の思い出作りに、フェイに無理を言って侍女の仕事をやらせてもらうことになっているのだ。

「何をしているのです？　お喋りをしている暇があるのなら、仕事をしなさい」

皺一つない執事服を纏ったフェイが、パンパンと手を叩いた。ティナはそれを見ると、嫌そうに顔を歪めて逃げていく。

変わらないフェイとティナの態度に、ロゼッタは酷く安心する。

「ロゼッタ嬢、エントランスホールの掃除をお願いできますか？」

フェイはロゼッタにバケツとモップを手渡した。

「分かりました。あ、フェイさん。今日のおやつはアプリコットタルトにしようと思っているのですけど、良いですか？」

出発する前に、ロゼッタは少しの間厨房を借りて、今までのお礼にお菓子を作ることにした。

アプリコットタルトは、ロゼッタがカルヴァード公爵家で作ったお菓子の中で一番好評だったものだ。貴族らしく高い品物を買えないロゼッタには、これぐらいしかできない。

「ええ。旦那様もお好きですすよ」

「……知っています」

アーネストが一番アプリコットタルトを喜んでくれたのだ。

しかし、彼はここ一週間ロゼッタの前に姿を現さない。忙しくなり、ロゼッタを構っている余裕などないのだろう。

（……アプリコットタルトをアーネストに食べてもらえるかしら）

力なく笑うと、ロゼッタは掃除用具を持ってエントランスホールへと向かった。

床を磨き、調度品を拭き、エントランスホールの掃除はすぐに終わった。せっかく、掃除のコツを掴み始めていたというのに、今日で最後かと思うと寂しい。

ロゼッタは余った時間を活用しようと箒を手に持ち、エントランスを出て落ち葉を集めることにした。

「ふぅ……全部集まったわ。最速記録更新ね」

何度も掃除をしたおかげで、落ち葉の溜まりやすい場所をしっかりとロゼッタは覚えている。だが、その知識が活かせるのも今日までだ。

ロゼッタが寂しく思いつつもホッと息を吐くと、隣に大きな影ができた。

「掃除は順調か？」

見上げればそこには、渋面を作るアーネストがいた。

「旦那様？」

「アーネストだ」

彼は不機嫌そうに眉を顰める。

「ごめんなさい、アーネスト」

素直に謝ると、アーネストはロゼッタの頭をぎこちない動作で撫でる。

顔は怖いが、彼の雰囲気はビクビクしていた。その違いが面白くて、ロゼッタはクスクスと忍び笑いをする。

「アリシアと君は随分と違うのだな」

噛みしめるような言葉に、ロゼッタの胸がズキンと痛む。

「お姉様は綺麗で、優しくて……わたしの自慢の家族なの」

「彼女が……？」

アーネストは怪訝な顔をした。

「お姉様とお話ししたことがあるの？」

「あ、いや……そんなことはどうでもいいだろう。それよりも気分転換がしたい。ロゼッタ、付き合え」

「えっ、ちょっと！　わたしは仕事中よ！」

アーネストはロゼッタの腕を掴むと、そのまま駆け出す。

初めは唖然としていたが、やがてロゼッタは彼と同じ笑みを浮かべていた。

☆

アーネストに連れて来られたのは、城下町の外れにある大きな湖だった。

湖を取り囲むように赤いコスモス畑が広がっている。アーネストは湖畔にある小屋にいた男性に声をかけると、二人乗りの小さなボートを持って来させた。

「乗るぞ、ロゼッタ」

「わたし、ボートって初めてで……」

「安心しろ。私も初めてだ」

「どこが安心できるのよ！」

叫ぶロゼッタだったが、アーネストが抱きかかえるようにボートに乗せてしまったため、身動きがとれなくなってしまった。

ぐらんぐらんとボートが不規則に揺れる。

「ううっ、怖い」

「怖いことあるか、よく景色を見てみろ」

ロゼッタはアーネストに言われた通り、辺りを見回した。

「……綺麗」

水面にはコスモスの花びらが一面に広がっていて、赤いベルベットの絨毯の上をボートで進んでいるみたいだ。

ボートが通った後ろは花びらが押し退けられて、エメラルド色の湖の曲線ができている。まるで真っ赤なキャンバスに絵を描いているような気分だ。

ロゼッタはこの神秘的な光景にしばし魅入られる。

「ずっと君をここに連れてきたかったんだ」

アーネストはそう言って、ボートを漕ぐ。

ボートは安定感を保ったままスイスイと進み、ちょうど湖の真ん中で止まった。

「なかなか上手いだろう？」

「そうだけど……怖いもは怖いわ」

ロゼッタは水面に手を伸ばし、花のまま浮いていた一輪のコスモスを手に取る。

「……わたしは今日、レイン領に戻るわ。ありがとう、アーネスト。最初はお互いに良い印象を抱いてなかったけれど、今はカルヴァード公爵家に来て良かったと思っているの。とっても楽しかったわ」

「…………」

黙り込むアーネストに、ロゼッタは微笑んだ。

「城に戻ったらアプリコットタルトを焼くわ。良かったら、わたしが出立した後にでも食べてね」

ロゼッタがカルヴァード公爵家を出れば、もうアーネストとの関わりはなくなる。

噂でしか近況を知れないような、雲の上の存在になるのだ。それがカルヴァード公爵アーネストとレイン男爵令嬢ロゼッタの立ち位置。元に戻っただけなのに、ロゼッタの頬には一筋の涙が伝う。

「ごめんなさい。泣いたりして……こんな綺麗な場所に、相応しくない表情よね」

目元を手で擦ろうとすると、アーネストはその手を掴んだ。

彼の指先はとても熱い。

「……その……あのな……」

「どうしたの？」

目を泳がせるアーネストを見て、ロゼッタは小首を傾げる。

何度か深呼吸をした後、アーネストは真紅の双眸を真っ直ぐにロゼッタへ向けた。

「ロゼッタ、私と共に……共に……共に……」

「……共に？」

「人生を歩んでくれないか！」

自分の耳が何を聞き取ったのか理解できず、ロゼッタは静止する。

「…………ええっ、それってきゅきゅっ求婚ってこと⁉」

ロゼッタは大きく目を見開くと、驚いて後ろに仰け反った。

するとボートが揺れて、ロゼッタは湖に落ちそうになる。

「危ない！」

アーネストはすぐさまロゼッタを抱きしめて、ボートのバランスを取った。

ボートはさらに大きく数回上下に動いたが、沈むこともなく水面はすぐに穏やかな波に戻る。

「あ、ありがとう」

「どういたしまして」

そう言ってアーネストは、ロゼッタを閉じ込める腕に力を込めた。

先ほどの揺れを思い出し、ロゼッタは身体を硬直させる。

「さっきの話だけど、人生ってどういうこと？」

「こ、ここまで言って分からないのか⁉」

「ば、馬鹿にしないで！　ちょっと待って。今考えるから……」

耳に響くほど心臓が高鳴り、身体が熱い。それでもロゼッタは必死に思考を巡らせる。

先ほどは一瞬求婚だと思ったが、それは違う。アーネストは筆頭貴族の公爵様で、ロゼッタは貴族の底辺の貧乏男爵令嬢だ。身分が違う。それにアーネストがロゼッタのような田舎娘に恋愛感情を抱くなんて思えない。だから、結婚なんてあり得ないのだ。

（……人生ということは、アーネストはわたしを必要としているってことよね）

ロゼッタがアーネストの傍にいることができる方法。それならば一つしかない。

「雇用期間を延ばしてもらえるってことね！」

「……なっ」

ロゼッタが元気よく言った瞬間に、アーネストはパッと身体を離した。

「わたしだって、あなたの会話の意図を汲み取ることができるわ。馬鹿にしないで。アーネストがわたしに求婚するなんて、絶対にあり得ないもの！」

自信満々に言うと、アーネストは口を魚のようにパクパクと開いた後、悔しそうな顔でロゼッタを睨み付ける。

「……そうだ！　君を一生こき使ってやろうと思っていたんだ」

「ありがとう。アーネストのこき使うは、結構働きやすいから安心だわ。でも、侍女の仕事は、元の使用人たちが戻って来ているからできないし、私は何をすればいいのかしら？」

「君には引き続き私の婚約者の振りをしてもらう。それと私の身の回りの世話と事務仕事をティナとフェイと共に手伝うのだ。分かったな！」

「どうして、そんなに怒っているのよ」

「私は怒ってなどいない！」

アーネストは鼻息荒く叫んだ。相変わらず、美形なのにすごい迫力の顔だ。

「でも驚いたわ。あなたの世話や仕事の手伝いは分かるけれど、婚約者の振りを続けるのね」

「またカルヴァード公爵家が、王家よりも力が大きくなって目を付けられるのは面倒だからな。君が婚約者だと周知させるぐらいがちょうど良い」

「わたしが、得にもならない男爵令嬢だからという訳ね」

「違う。君が信用にたる人間だからだ」

アーネストの真紅の瞳は真っ直ぐにロゼッタへと向けられる。

なんだか気恥ずかしくなったロゼッタは、咄嗟に視線を湖へと逸らした。

「……わたしと一緒にいて、楽しかった？」

「楽しかったさ。次に君がどんな顔をするのか知りたくて、ワクワクした。久しぶりに私はアーネストに戻れた気がする。料理もまあまあ美味かったしな」

「まあまあって何よ！」

ロゼッタは頬を膨らませて怒った。

睨み付けてやろうかと思ったが、彼の表情を見て呆けてしまう。

「嘘だ。すごくおいしかった」

アーネストは、初めてロゼッタの前で笑顔を浮かべた。

いつもの冷たさなんて欠片も見当たらず、太陽のように暖かくて優しい表情だ。しかし笑顔は数秒で消え、元の仏頂面に戻ってしまう。

「ねえ、アーネスト！　もう一回……もう一回だけでいいから笑って！」

「……笑う？　私がか？」

アーネストは戸惑った表情を浮かべる。次第に眉間の皺が深くなり、ロゼッタがしてほしい表情からどんどん離れて行く。

「笑ってと言ったのよ」

「や、ひゃめろ！」

じれったくなったロゼッタは、アーネストの頬を摘まんで斜め上に引っ張る。

すると、目つきは鋭く怖いのに、口元だけは楽しそうな、世にも恐ろしい顔になった。ロゼッタはそれを見て、腹を抱えて笑った。

「ふふっ、変な顔ね」

「君がやったんだろう！」

アーネストは少し赤くなった頬を両手で押さえて怒った。

ロゼッタは笑いすぎて目尻に溜まった涙を拭う。

「ごめんなさい。でも、とっても面白かったわ」

「次にやったら、クビにするからな！」

「だから、ごめんなさいって言っているでしょう？　拗ねないで」

「拗ねてなどいない！」

アーネストは、不機嫌そうに顔を逸らした。

「ねえ、アーネスト」

「……なんだ」

「わたしも、あなたと一緒にいると楽しいわ。また、婚約者役をやってもいいと思えるくらいにね」

「ふんっ、機嫌取りなどいらない」

そう言って、アーネストはボートを岸へ向けて漕ぎ出した。

「本心なのに」

「……帰るぞ。私たちのカルヴァード公爵家に」

「ええ」

ゆったりとしたボートの揺れにも慣れてきた。

ロゼッタは美しい景色を、胸に抱いた優しい気持ちと一緒に記憶に焼き付ける。

アーネストの耳は、ボートを下りるまで真っ赤だった。


ロゼッタがアーネストと共にカルヴァード公爵家へ戻ると、エントランスに見覚えのある女性がいた。彼女はフェイとティナと何やら話をしていたが、エントランスに近づくロゼッタたちに気が付くと、大きく手を振った。

「ロゼッタ！　会いたかったわ」

「お、お姉様⁉」

レイン領にいるはずのアリシアが、ロゼッタに駆け寄って勢いよく抱きついた。

彼女の顔は最後に見たときよりも血色が良く、秋風に靡くハニーブロンドの髪はサラサラとしていて、とても健康的だ。

ロゼッタが状況を飲み込めず、パチパチと目を瞬かせる。

するとフェイが現れ、アーネストに一礼をした。

「お帰りなさいませ。アーネスト様、アリシア嬢が予定通り到着しました」

「わたしは聞いていないのですが⁉」

抗議するが、フェイはにっこりと笑うだけだ。

アーネストはアリシアを見て、舌打ちを鳴らす。

「……チッ、もう来たのか……」

「公爵様の手配してくださった馬車のおかげですわ」

アーネストとアリシアの間に、バチバチと見えない火花が散ったように見えた。

ロゼッタはオロオロと二人を見比べる。

「ど、どうしてお姉様がカルヴァード公爵家に⁉」

「何故って、公爵様のご厚意でここに住まわせていただくことになったの。楽師の仕事は王都に集中しているし、レイン領からは通うのは大変だろうって。ロゼッタがもう少しだけここで働くみたいだし、姉としては心配だったから来てしまったわ」

「そうだったのね。でも、わたしがカルヴァード公爵家でまた働くことになったのを、なんでお姉様が知っているの？」

カルヴァード公爵家でまた働くことになったのは、つい先ほどのことだ。

いくらなんでも、遠く離れたレイン領に伝わるまでが早すぎる。それに、アーネストとアリシアも初対面のようには見えない。疑問が浮かぶばかりだ。

「先日、公爵様がレイン男爵家に挨拶をしに来たのよ。大切な令嬢をお預かりしたいからって。そうそう。お父様とお母様は、ロゼッタの判断に任せると言っていたわ」

どうやら、あらかじめアーネストはロゼッタがカルヴァード公爵家で働きやすいように、根回しをしてくれていたようだ。

「良かった。しばらくは、カルヴァード公爵家で働かせてもらうことになったの」

「やっぱり、わたくしの言った通りになったわね」

そう言ってアリシアは、アーネストに含みのある視線を向ける。

「……くっ、今に見ていろ」

「ふふん。思い通りにはさせないわ」

「体調が悪くなったのなら、今すぐに帰っていいんだぞ」

「愛する妹の顔を見たら、元気がみなぎってしまったわ。ここに住まわせてくださってありがとう、公爵様」

「……強引にねじ込んだくせに」

コソコソとアーネストとアリシアは囁き合い、打ち解けているように見えた。この分だと、特に問題なく生活できそうだ。

「アーネストとお姉様、仲が良いのね」

「「それは絶対にない！」」

ふたりは声を揃えて叫んだ。

「お姉様、体調はもういいの？　楽師の仕事を再開するって言っていたけど……」

「ロゼッタが送ってくれた薬でだいぶ体調が良くなったのよ。今は楽師の仕事に復帰して、自分で薬代を稼いでいるところ」

　アリシアは元気よく笑った。ロゼッタも釣られて笑みを零す。

「無理してない？」

「大丈夫よ。無理のない範囲でやるわ。今は薬代を稼ぐので精一杯だけど、病気が完全に治ったら、ロゼッタにとっておきのプレゼントを贈るわね」

「楽しみにしているわ」

「可愛いロゼッタ」

　アリシアはそう言うと、ロゼッタの頬を優しく包んだ。

「辛くなったら、すぐにわたくしに言うのよ。あなたが幸せになれないなら……わたくしは誰が相手だろうと戦うから！」

「あ、ありがとう、お姉様」

　気迫のこもったアリシアの言葉に、ロゼッタはたじろぎながらも頷いた。

「そんなことにはならない！」

　痺れを切らしたアーネストが、ロゼッタとアリシアを強引に引き離した。

「ひゅーひゅー！　ライバル登場だね、旦那様」

　少し離れた場所から、ティナが囃し立てた。

「……もう、我慢ならん。ロゼッタ、中に入るぞ。お前の雇用契約書を新たに用意しなくてはならないからな」

アーネストはロゼッタの手を握ると、そのまま歩き出した。

「末永くよろしくね、アーネスト」

「ふん、こちらの台詞だ」

キュッと握った手に力を込めると、ロゼッタはアーネストの隣に並んで幸せそうに微笑んだ。

三時のお茶の時間に、カルヴァード公爵家はアプリコットの甘酸っぱい香りで包まれた。そして昔のように、人々の笑顔が満ちていく――

庶民派令嬢ですが、公爵様にご指名されました

番外編　芽吹きのラストダンス　前編

麗《うら》らかな木漏れ日が降り注ぐ午後三時。カルヴァード公爵家は、甘く芳《こうば》しいパンケーキの香りに包まれていた。

その香りの発生源は、ロゼッタの部屋だ。

以前の使用人部屋ではなく、ロゼッタは新しくアーネストによって部屋を与えられた。貴族の客人や芸術家、学者などを長期間泊めることを前提に作られた部屋で、キッチンと小さなバスルームが備え付けられていて広さも十分だ。ちなみに、隣はアリシアの部屋となっている。


ロゼッタは今仕事の休憩中だ。中途半端な時間だし、自分の部屋でスウィーツを食べて英気を養おうと思いパンケーキを焼いていたら、呼んでもいないのに次々と人が集まってきたのである。

「パンケーキが焼けましたよ」

そう言って、ロゼッタは初めに偉そうな態度で椅子に座るグラエムの前に皿を置く。

「ふわふわの熱々のパンケーキにかかる黄金色のハチミツ。ほんのり塩気のあるバターがとろけて、口の中で味を変化させる。やはり、パンケーキは最高だ」

次にティナとアリシアの前に皿を置いた。ふたりはキラキラと目を輝かせる。

「ええー、この生クリームとほろ苦いキャラメルの相性の方が最高だしー」

「わたくしはやっぱり、クランベリージャムとクリームチーズが好きね。甘すぎずコクがあって幸せな気持ちになるわ」

三人はフォークとナイフを持つと、幸せそうな顔でパンケーキを頬張る。

ロゼッタもエプロンを外して席に座り、キャラメルと焦がしバターのパンケーキを食べ始めた。

「喜んでくれて嬉しいけれど、皆お仕事は大丈夫かしら？」

「今日は領内の収穫高の統計表をアーネストに持って来たが、パンケーキを食べてから渡しても十分間に合うだろう」

どう考えても、順番がおかしい。パンケーキよりも、当主への用事が一番だろう。

「ここに来たのは誰にも見られていないし大丈夫！」

大丈夫な訳がない。使用人が少し戻ってきたとはいえ、まだまだカルヴァード公爵家は人手不足だ。ティナの手だって借りたい状況だろう。

「可愛いロゼッタの作ってくれたパンケーキを食べないと、作曲のアイディアが生まれないのよ」

アリシアは連日同じことを言っている気がする。

「……皆、仕事をサボっているように見えるのは、わたしだけかしら……」

「サボってなどいない！　だいたい、パンケーキを焼いているのが悪いんだ。老人が我慢できる訳なかろう！」

「理不尽だわ」

「本当だよー。キリキリ働け」

「それはお前の方だろう、サボり魔」

ティナとグラエムが睨み合う。このふたりは本当に仲が悪い。

「なんだか、わたしの部屋が溜まり場になっている気がするわ……」

ロゼッタが小さく溜息を吐くと、アリシアがくすりと笑みを零す。

「仕方ないわよ。ロゼッタの作る料理は絶品なんだもの。それに楽しんで作っているでしょう」

「それは……そうね」

食材はすべてカルヴァード公爵家が提供してくれている。だから挑戦できなかった料理も作れて、アリシアの言う通りロゼッタは楽しんでいた。

「ロゼッタの作る料理って全部おいしいよねー。これが才能かー」

破滅的な料理の腕を持つティナは、腕を組みながら感慨深そうに言った。

「大袈裟よ」

「まあ、元宮廷料理人の手ほどきを受けているもの。あと、安い値段でおいしいものを作るために、食材の目利《めき》きの腕も磨いているわ。わたくしの可愛いロゼッタはすごいでしょう?」

ロゼッタの代わりに、何故かアリシアが自信満々に言った。

「すごいね！　アリシアは料理をしないの？」

「自慢じゃないけれど、卵すらまともに割れないわ！」

「すごいね！　あたしといい勝負だよ」

ティナとアリシアはガッチリと握手を交わす。

ロゼッタは先ほどのアリシアの言葉を思い出して、首を傾げた。

「お爺さんは、宮廷料理人だったの？」

「あら、知らなかったの？」

「偉い人の料理人を少しの間やっていたとしか」

ロゼッタに料理を教えてくれたお爺さんは、レイン領一おいしいレストランのオーナーとして現役で活躍している。レイン男爵家には、ロゼッタが小さい時から出入りしていて、貴族の来客がある時に料理を手伝ってもらっていたのだ。その過程で、ロゼッタも料理を教えてもらい、可愛がってもらっていた。

確かに、お爺さんの料理はおいしかったが、宮廷料理人になれるほどの腕前だとは思わなかった。

「王宮に馴染めなくて、数年で辞めたって言っていたわ。だからきっと、教え子のロゼッタには知られるのが恥ずかしかったのね」

「恥ずかしくなんてないわ。お爺さんったら、教えてくれても良かったのに」

パンケーキを食べながら和気あいあいと話していると、扉がノックされた。そして、返事を聞かずにそのまま扉が開け放たれる。

「……失礼する。ロゼッタはいるか？　叔父上の到着が遅れているから、予定していた打ち合わせを早めにしたいんだが……」

現れたのは、少し疲れた顔をしたアーネストだった。

彼は同じテーブルでパンケーキを食べるロゼッタたちを見て、眉間に皺を寄せる。

「……私の分はないのか？」

その瞬間、全員が残りのパンケーキを口に押し込む。


「ないぞ」

「ないない」

「ないわね」


急いだからか、全員の口元にはクリームやソースが付いていていた。

「ごめんなさい、アーネスト。これで全部なの」

「……そうか」

アーネストは捨てられた子犬のように、しゅんと落ち込んだ。

「我が儘だな、アーネストは。料理長に作らせればいいだろう」

「うるさい、叔父上。城に来たのなら、何故最初に私のところへ来ない？　それにティナもアリシアも何故ここで暢気《のんき》にパンケーキを食べているんだ！」

アーネストが怒ると、三人はやれやれと肩を竦める。

「もう歳でね。三時のおやつの時間には身体を休めることにしたのだ」

「うんうん。たまにはいいこと言うね、グラエム様。三時のおやつには休憩しないと。それでこそ、効率的な仕事ができるってものだよ」

「わたくし病弱だから……愛する妹の作ったお菓子を食べないと死んでしまうの……」

「……この駄目人間共め」

アーネストは吐き捨てるように言った。

「落ち着いて、アーネスト。また今度作るから、それでいい？」

苛立つアーネストをなだめるように、ロゼッタは彼の手を握る。

「ロゼッタがそう言うのなら……」

プイッとロゼッタから視線を外すと、アーネストは小さな声で呟いた。どうにか怒りは収まったようだ。

「早速、尻に敷かれている？」

「惚れた弱みじゃないかしら」

コソコソと話すティナとアリシアを、アーネストは悪魔のような形相で睨み付けた。

「そこのふたり、給料減らすぞ」

「酷いよ、旦那様。あたしはただ面白がっているだけなのに……」

「なんて横暴な悪徳公爵なの……実家に帰ります、妹と！」

泣き真似をするふたりに呆れた目を向けると、アーネストは深く溜息を吐いた。

「……叔父上、資料は？」

「ほれ、後は頼んだぞ。無理はするなよ？　もうすぐ、あの時期だからな」

グラエムから資料を受け取ると、アーネストはロゼッタの手を引いた。

「……分かっている。ロゼッタを借りるぞ」

そしてそのままロゼッタの部屋を出て、廊下を歩き始める。

おそらく、アーネストの執務室へと向かうのだろう。

「アーネスト、緊急の仕事かしら？」

「いや……緊急、というほどのことではないのだが」

歯切れの悪いアーネストを疑問に思いつつも、ロゼッタは大人しく手を引かれて歩く。

執務室につくと、書類を整理しているフェイが出迎えた。

「グラエム様はいましたか？」

「ああ、ロゼッタの部屋で暢気にパンケーキを食べていた」

「丸くなりましたね、あの方も」

アーネストはグラエムから預かった書類をフェイの机に置いた。

「アーネスト。わたしは何をすればいいのかしら。フェイさんと資料整理？　それとも帳簿付け？」

ロゼッタはアーネストの手を離すと、執務室を見渡した。

現在のロゼッタは、侍女ではなくカルヴァード公爵家の秘書官をしている。仕事はアーネストとフェイの手伝いをしたり、執務室の掃除やお茶くみなどもやっていた。

服も侍女服から、ブラウンのシックなワンピースに変わっている。

「違う。秘書官の仕事の方ではない」

「ロゼッタ嬢には、二週間後に開催される王家主催の舞踏会に出てほしいのです。アーネスト様の婚約者として」

「アーネスト様がいいのなら、わたしは構わないけれど」

舞踏会という貧乏貴族には縁遠い話に驚きながらも、ロゼッタはおずおずと頷いた。

「ロゼッタ嬢はダンスを踊れますか？」

「人並みには踊れるわ。お姉様の演奏に合わせてよく練習していたから」

「フェイ。ダンスは必要ない」

アーネストはピシャリと言い放つ。

フェイはコツコツと執務机を指で叩き、ジロリとロゼッタへ視線を移した。

「ありますよ。社交にダンスは不可欠です。それに礼儀作法も」

「う……はい」

礼儀作法については、あまり自信のないロゼッタである。

「ドレスや宝飾品はこちらで用意させる。よろしく頼むぞ」

それだけ言うと、アーネストは執務室から出て行ってしまった。

出会ったばかりの頃を思い出す。

「……なんだか、機嫌悪い？」

「お腹でも痛いんじゃないですか。そんなことよりもロゼッタ嬢。私の仕事を手伝ってください」

「え、アーネストが……」

「私の仕事の方が大事ですから」

フェイはとびっきりの作り笑顔で、大量の書類をロゼッタに押しつけた。

庶民派令嬢ですが、公爵様にご指名されました

番外編　芽吹きのラストダンス　後編

舞踏会への参加が決まってからというもの、ロゼッタは忙しい日々を送っていた。

秘書官の仕事は控えめになり、マダム・ヘイリーの採寸とドレスの仮縫い、アリシアとのダンスレッスン、フェイによる礼儀作法の指導と、舞踏会への準備が始まったのである。

アーネストとは数日に一度、会話をするぐらいだった。

「最近、アーネスト様がよそよそしい気がするの」

ロゼッタは頭に分厚い本を五冊重ねて、ピンヒールで部屋を歩き出す。ピンと頭を糸で引っ張られるイメージを描きながら、優雅に見えるようにやわらかな動きを意識する。

「ええ、そう見えますね。というか、ロゼッタ嬢はアーネスト様に避けられていますからね」

ロゼッタの動きが止まり、バサバサと本が床に落ちた。

フェイは無表情で手を叩く。

「はい、やり直しです。何があっても笑顔で、重心はぶれない。淑女の基本です。分かったら返事は？」

「は、はい」

ロゼッタは慌てて本を拾うと、頭の上に乱雑に重ねていく。そしてまた笑顔で歩き出した。

「……わたし、何かしたかしら？」

「何も。アーネスト様の気持ちの問題ですよ」

「どういうこと？」

「アーネスト様は舞踏会がお嫌いですから」

「それと、わたしを避けることに何の関係が？」

ロゼッタが問いかけるとフェイは小さく笑い、数十秒の沈黙の後、

「さて、それはお答えできかねます」

と、無駄にもったいぶって言った。正直、少し苛ついた。

「……教えてくれないのね」

「私はティナやアーネスト様ほど、あなたを信用してはいませんから。裏切る可能性を捨てられませんし」

「……裏切らないわ」

そうだ、ロゼッタが裏切る訳がないのだ。

アーネストの力になりたいと、心から思ったのだから……。

「顔が怖いですよ。口角を上げて、眉間の力を抜いて、誰もが気を許してしまうような優しい笑みを浮かべてください」

フェイはパンパンと両手を叩いた。

「アーネスト様は舞踏会が嫌いなんです。その理由は行けば分かりますよ。今回もできるならば参加したくなかったそうなのですが……」

「断れなかったのね」

「王家主催ということもありますが、一番の理由は王太子殿下がロゼッタ嬢を見たいと言っていたからでしょう」

「王太子殿下が⁉」

今まで雲の上の存在だった王太子がロゼッタに会いたいなんて、驚きを通り越して恐怖さえ感じる。

「その……わたしとアーネストは一応……雇用関係なのだけど……」

ロゼッタはアーネストの偽婚約者役を演じているに過ぎない。それなのに王太子殿下に挨拶したら、まるで本当の婚約者のようではないか。

もしも、挨拶したことで王族のお墨付きをいただいてしまえば、いくら貧乏貴族令嬢と筆頭公爵の格差婚約でも解消するのが難しくなってしまう。

「いいんじゃないですか？」

「対応が雑すぎない⁉」

口調は驚いているが、ロゼッタは本を落とさずに歩き続ける。

「本を落としませんでしたね。偉い、偉い。アーネスト様のことですが、ロゼッタ嬢はあまり気にしないでください。あの人、見た目通りの腹黒――じゃなくて策略家なので心配はないかと」

「そうよね。アーネストは強い人だもの」

「まあ、アーネスト様にも恐れていることはあるのですが」

「えっ、あ……」

動揺したロゼッタは、絨毯に軽く躓いてしまう。もちろん、本は全て床に落下した。

「はい、また落としましたね。最初からやりなおしです。歩行が終わったら、挨拶の練習をみっちりしますからね。できなければ、死あるのみです」

「……はい」

アーネストが心配だが、今は自分のことを心配した方がいいのかもしれない。

田舎貴族としてではなく、カルヴァード公爵の偽婚約者として、しっかりとした令嬢にならなければ、舞踏会でアーネストに恥をかかせてしまう。

（今は礼儀作法に集中。まだ舞踏会まで一週間もあるんだもの。それまでにアーネストと話し合いましょう）

ロゼッタは両頬を軽く手で叩いて気合いを入れると、再び本を頭に載せる。

「二回落としたので、二冊追加しましょうね」

そう言ってフェイは、分厚い図鑑をロゼッタの頭の上に容赦なく追加した。

「鬼教官……！」

「さあ、笑顔です、笑顔」

ロゼッタは泣き笑いで答えた。

☆

結局、ロゼッタはアーネストと話し合うこともなく、舞踏会当日を迎えた。

ロゼッタはモスリンをたっぷりと使った、フレッシュグリーンのドレスを着ている。裾には小花のチュールレースがあしらわれ、初々しくも可愛らしい印象だ。シルク製の純白の手袋を嵌め、ルビーの飾りが付いたピンヒールを履いている。髪型は編み込んだ髪をサイドにまとめ、レースのリボンで結んだ。ティナ渾身のコーディネートである。

(……馬車でも、アーネスト様はよそよそしいままだったわ)

アーネストはドレスアップしたロゼッタを礼儀程度に褒めると、舞踏会に行く馬車の中では、ほとんど無言だった。同乗したティナは、気にした様子もなかったが。

ロゼッタは一人、そわそわとしながら王都の景色を窓から眺めた。夜のため王都と言えど人通りは少なく、密集した建物をじっくりと見つめる。

「王宮は明るいのね」

馬車が城門を越え、王宮の庭へ入ると美しい花々がロゼッタたちを出迎えた。夜に咲く品種なのか、しっかりと花びらを広げている。等間隔に置かれたランプに花々が照らされ、幻想的な雰囲気だ。

「さすが王宮だわ」

「そう？　いっつもこんなんだから気にしたことないなー。正直、こんなにランプはいらないと思うよ。燃料の無駄だしねー」

ティナはケラケラと笑うと、城を指さした。

「見てみて。あっちの方が、灯りがいっぱいだよー」

「本当ね。王宮はカルヴァード公爵家よりも大きいわね」

ロゼッタは初めて訪れた王宮を、ぽぅっと田舎者目線で眺める。すると、あっという間に馬車留めへ着いてしまった。

「到着しました、アーネスト様。ロゼッタ嬢」

フェイはそっと馬車の扉を開け、初めにアーネストが出る。そして次に出るロゼッタへ手を差し出した。

「あ、ありがとう。アーネスト」

「いや、当たり前のことだ」

久しぶりに彼の温もりを感じて、ロゼッタの心臓はドクンと跳ねた。

「「いってらっしゃいませ」」

ティナとフェイが深々と頭を下げて、ロゼッタたちを見送る。

「……ロゼッタ、私の腕に手を絡めてくれるか？」

「ええ」

ロゼッタはアーネストに寄り添うように腕を絡め、頬を朱に染める。なんとか真っ直ぐに前を向くことはできているが、アーネストの顔を見上げる勇気は出ない。

舞踏会の会場まで歩いていると、入り口の前で王宮の使用人たちが色鮮やかな薔薇を配っているようだった。

「薔薇はいかがですか?」

「結構だ」

使用人の一人がアーネストに薔薇を勧めるが、彼は仏頂面で首を横に振る。

「も、申し訳ありませんでした……」

「失礼する」

怯えた様子の使用人を残し、アーネストはロゼッタをエスコートしながら会場へと入った。

「あの薔薇は何か意味があったの?」

ロゼッタが問いかけると、アーネストは露骨に顔を顰めた。

「……若い紳士淑女の間で、思い人がいる者は夜会で薔薇を身につけるのが流行しているんだ」

「そうなの。薔薇の色も違うみたいだけれど……」

「白い薔薇は片思い、赤い薔薇は両思い、あと黄色の薔薇は特殊で思い人を探している……という意味だったと思う」

「さすが王宮ね」

ロゼッタには思いつかない優雅な流行だ。

(……でも、ちょっと残念だわ。あくまで、流行に乗ってみたいってだけだけど)

一度後ろを振り向いてから、再び会場の中を見回した。

今までのロゼッタだったら言葉を交わすこともないような、洗練された貴族たちが大勢いた。彼らはアーネストを見つけると、次に食い入るようにロゼッタを見た。

「な、なんだか、とても見られている気がするわ」

「まずは挨拶に行くぞ、ロゼッタ」

「わ、分かったわ」

居心地悪く思いながらも、ロゼッタはフェイの特訓通りに笑みを浮かべながら会場を自信に満ちあふれた足取りで進む。

そしてアーネストがひときわ豪奢な礼装を身につけた銀髪の男性の前に止まると、彼の周りにいた人たちが、波が引くように怯えて離れて行った。

「レオン王太子殿下。本日はお招きいただき、ありがとうございます」

アーネストは気にした様子もなく、銀髪の男性――レオン王太子に臣下の礼を取った。続けてロゼッタも礼を取る。

「アーネストか。他人行儀だな。幼馴染みだというのに。いい加減、顔を上げろ」

王太子は人々を安心させるような、明るく朗らかな声で言った。

恐る恐る顔を上げれば、王太子は眩しいぐらいに爽やかな笑みを浮かべる。アーネストとは正反対の美貌を持った青年だ。

「幼馴染みの前に臣下ですから」

「まあ良い。今夜は其方ではなく、婚約者がメインだからな！」

そう言ってアーネストの後ろに控えるロゼッタに、王太子は身を乗り出した。

内心焦りながらも、ロゼッタはドレスの裾を持ち上げて微笑む。

「本日はお招きいただき、ありがとうございます。レイン男爵家次女、ロゼッタでございます」

「アーネストは顔に似合わず、初々しい可憐な乙女が好みだったのか」

「顔に似合わずは余計だ」

気安いアーネストと王太子のやりとりにロゼッタは暖かな気持ちになる。

「貴族同士の情報収集が目的の面倒な舞踏会だが、気にせず楽しんでくれ。ロゼッタ、時間が空いたらまた話そう」

「ありがとうございます」

王太子は主催者なので挨拶に忙しい。ロゼッタたちは早々に彼から離れた。

「緊張したわ」

深く息を吐き、新しい空気を肺へと送り込む。少し手が震えてしまった。

「よくできていた。レオン王太子殿下も気に入ってくれたようだ」

「ひとまず安心かしら」

「そうだな」

アーネストの言葉にロゼッタは安堵の表情を浮かべる。

「あ、お姉様だわ」

そして緊張がほぐれたのか、ゆったりと会場に音楽が流れているのに気が付いた。楽師たちの方を見れば、黒のドレスを着たアリシアが竪琴を弾いている。

彼女たちの演奏する曲に合わせて、貴族たちはダンスホールで踊り始めていた。

「ロゼッタ、私は他の貴族たちに挨拶をしてくる。適当に会場を見ていてくれ」

「アーネスト！」

ダンスに見惚れていると、アーネストがスタスタと人垣《ひとがき》へと消えていく。

一人になったロゼッタはキョロキョロと周りを見渡す。

（と、とりあえずドリンクでも受け取って、壁の花になりましょうか）

絶好の壁の花ポイントを探そうとしていると、ロゼッタの前に一人の青年貴族が現れた。人の好さそうな笑みを浮かべた彼は跪《ひざまず》くと、恭しくロゼッタに手を差し伸べる。

「はじめまして。僕はコルベール伯爵家次男のジルと申します。レイン男爵令嬢、もしよろしければ、一曲踊ってくださいませんか？」

「……喜んで」

他の貴族にダンスを誘われたら踊るようにと、ロゼッタはフェイに言い含められていた。まさか、貧乏男爵家の自分が本当に誘われるとは思っていなかったので、ロゼッタは内心焦っている。

作った笑みを浮かべ彼の手を取ると、強引にダンスホールへとエスコートされる。そして大勢の貴族たちに混じり、ワルツのステップを踏んだ。

「レイン男爵令嬢は可愛らしい人ですね。初めてあなたを見たとき、花の妖精が現れたのかと思いました」

「ありがとうございます。とても嬉しいですわ」

ゾワゾワと全身がかゆくなりそうなお世辞に、ロゼッタは必死に愛想笑いをした。

「いいえ、謙遜《けんそん》なさらず。しかし、可哀想だ。カルヴァード公爵に美しい花がもぎ取られてしまうなんて……」

「……もぎ？」

花というのが自分を指しているのは分かるが、もぎ取られるというのはどういう意味なのだろう。良い意味ではないなと思いながら、コルベールを上目遣いで見つめる。

「レイン男爵令嬢とカルヴァード公爵が婚約者という噂は本当ですか？」

「本当ですわ」

「ご実家に借金があるのですか？　それとも無理やり……何かお困りのことがあるのなら、どうぞ僕に相談してください。溜め込むのは良くないですよ」

そこまで聞いて、ロゼッタはようやく彼の意図を理解した。コルベールは、ロゼッタからアーネストの情報を聞き出し、あわよくば社交界に醜聞《しゅうぶん》としてばらまこうとしているのだ。

周りをよく見れば、ダンスにまぎれてロゼッタとコルベールの会話を盗み聞きしようとしている者もいる。

（……わたしが想像していたよりも、社交界はすごいところね）

てっきり社交界に出たら、アーネストの昔の恋人や高位貴族に、ロゼッタがこの場に相応しくないと罵られるのかと思っていた。だが現実はそれよりも陰湿で、陰からジワジワとカルヴァード公爵家を奈落《ならく》に突き落とそうとしているのだ。

怨恨《えんこん》、嫉妬《しっと》、娯楽、どんな気持ちで彼らがアーネストを貶めようとしているのか分からない。しかし、何をされても、ロゼッタの答えは変わらない。

「いいえ、コルベール様。アーネスト様にとても良くしていただいております。何より、わたしは彼を愛していますから」

「そ、そうですか」

コルベールは強ばった口調でそう言うと、ワルツの一番簡単なパートのステップを間違えた。彼は羞恥心で顔を赤くし、曲が終わるのと同時にロゼッタの元から足早に去って行く。

(撃退できたのかしら？　それにしても、アーネストはどこに行ったのよ)

あれだけ目立つ容姿をしているというのに、アーネストの姿は見当たらない。

首を傾げていると、ロゼッタの肩が優しく叩かれた。

「やあ、ロゼッタ。一曲どうだい？」

振り返れば、王太子がキラキラと爽やかな笑みでロゼッタを見ていた。

「よ、喜んで。王太子殿下」

「レオンでいいよ。君はアーネストの婚約者だからね」

「……レオン王太子殿下」

「硬いなぁ。まあ、今はそれでいいか」

王太子がロゼッタの手を握ったところで、次の曲が始まった。

曲の難易度はそれほど難しくなく、多くの男女がステップを踏みながら会話を楽しんでいる。

「ダンス上手だね。初めての舞踏会とは思えないな」

「わたしが舞踏会に来るのが初めてだと知っていたのですか？」

「もちろんさ。これでも王太子だからね。諜報活動はお手の物さ」

ロゼッタのような権力のない男爵令嬢のことまで調べているとは思わず、微笑みを忘れて目を見開いた。

「驚いたかい？　それとも失望したかな、腐った社交界に」

「いいえ、そんなことはありません」

「そう？　良かった。ここがアーネストの生きる世界だからね。足の引っ張り合いは息を吸うように行うし、一度流れた噂は大きくなることはあれど、小さくなることはない。醜聞は一生絡みついて離れない。恐ろしい場所だ」

王太子の顔は微笑みを崩さないが、言葉はとても冷たかった。

ロゼッタはしばらく考え込むと、真っ直ぐに王太子の瞳を見つめる。

「……もしかして、わたしが社交界に怖じ気《おけ》づいてアーネスト様の元を離れると思ったのですか？」

「うーん、少しだけ。怒らないでね」

「怒りません。アーネスト様のこと、心配してくれているのでしょう？」

くるりとターンをして、ロゼッタは王太子へ笑いかけた。

「心配する資格はないかもしれないけれど、我はアーネストが大切だからね」

「……レオン王太子殿下」

「大切に思っていても、我はアーネストのことを友人としてだけ扱うことはできない。カルヴァード公爵として扱わなくてはならない時の方が多い。だから、君だけはアーネストの味方でいてくれ。たとえ今は偽りの関係でも、ロゼッタならそうしてくれるような気がするんだ」

ロゼッタは驚くが、すぐにエメラルドの瞳に強い意志の光を灯す。

「はい、必ず」

偽りの関係だったとしても、彼の力になりたい。それが紛《まぎ》れもないロゼッタの本心だ。

「それじゃあ、我は失礼するよ。あまり長く踊っていると、変な噂を立てられてしまうからね」

曲が終わるのと同時に、王太子はロゼッタから身を離した。

「あ、そうそう。アーネストなら、入り口を右に行ったところにある庭にいるはずだ。今連れ戻せば、ラストダンスには間に合うんじゃないかな」

「ありがとうございます、レオン王太子殿下！」

ロゼッタはドレスの裾を持ち上げて礼をすると、アーネストのいる庭へと向かった。

庭は会場とは違ってランプは最低限しかついておらず、花も蕾のままだ。舞踏会の喧騒《けんそう》はここまで届いていない。夜風が吹き、草木が流れる音がした。

「アーネスト！」

「……ロゼッタ」

静かな庭の中、薄闇に溶け込むようにアーネストは立っていた。

ロゼッタは頬を膨らませながら彼に近づく。

「わたしを置いて、こんなところにいたのね。狡《ずる》いわ。こんなに静かで良いところ、教えてくれても良かったのに」

「レオンが教えたのか？」

「ええ。とても頼りになる友人ね」

そう言って、ロゼッタは顰《しか》めっ面《つら》のアーネストに笑いかけた。

「わたしはあなたから逃げたりしないわ。アーネストが逃げても、わたしが捕まえてあげる」

アーネストは眉間を揉みながら、深く溜息を吐いた。

「……格好悪いな、私は。不安だったんだ。ロゼッタが社交界の汚さを見て、私の悪評を直《じか》に知ったら……離れて行ってしまうんじゃないかと」

「離れたのはアーネストの方でしょう。ずっと素っ気なかったし。嫌われたのかもしれないって思ったわ」

「すまなかった、ロゼッタ」

「許さない。……でも、わたしを指名してくれたら、許してあげてもいいわ」

悪戯っぽい笑みを浮かべると、彼にそっと手を伸ばす。

アーネストは跪くと、祈るようにロゼッタの手を自分の額に付けた。

「ロゼッタ・レイン男爵令嬢。最後に私と踊ってくれませんか？」

「喜んで！」

ロゼッタとアーネストは手を取り合い、煌びやかな舞踏会へと戻って行く。

ラストダンスを踊るふたりの胸元には、美しい蕾の赤い薔薇が飾られていた。

番外編　ティナの日常

食堂で朝食をとったティナは緩んだエプロンのリボンを結び直すと、早歩きで廊下を進む。すれ違う使用人たちはティナを見つけると笑顔で会釈《えしゃく》をし、張り切って自分の仕事に戻る。そんな貴族の家では当たり前な光景が、ティナはとても嬉しかった。

（昔みたいに……ううん。昔とは違うけれど、賑やかになったなぁ）

少し前までのカルヴァード公爵家は気の休まらない、どこか鬱屈《うっくつ》としていた場所だった。王家に反感を持つ者、他家から送られてきた密偵、金で簡単に情報を売る者、事なかれ主義の者など、色々な思惑が入り乱れ、使用人たちは別々の方向を見ていた。

しかし、これも仕方のないことだった。先代夫婦とティナとフェイの両親を含めた、家を取り仕切っていた使用人たちが、突然亡くなってしまったのだから。

（旦那様は頑張っていたけれど、さすがに家の中のことまで管理するのは難しかったんだよねぇ。本来は女主人の仕事だし）

そこをグラエムに付け込まれ、一時期、カルヴァード公爵家の使用人はティナとフェイだけになった。仕事は増えたけれど、その分煩わしさは減り、このままでもいいとさえ思ったほどだ。

けれど、彼女――ロゼッタが現れてから、カルヴァード公爵家は明るくなった。

（本人はただ仕事をしていたと否定するかもしれないけれど、気を張り詰めていた旦那様を癒やすことは、フェイやあたしにはできないことだったから……）

今いる使用人たちの半分は元々カルヴァード公爵家にいた忠誠心の高い人たち。もう半分はフェイが吟味して採用した、素性の確かな人たちである。そしてその両方が、今ではロゼッタのことを『旦那様の溺愛する婚約者』と認識していた。


ティナは使用人に宛《あて》がわれた部屋が並んだ場所に出ると、一番奥の部屋をノックした。

小さいがハッキリとした声でロゼッタが「はい」と返事をする。ゆっくりと扉が開かれ、少し驚いた顔のロゼッタが見えた。

「おはよう！　絶好の引っ越し日和だねー」

ティナは手を上げてニッコリと笑う。

「おはよう、ティナ。何かあったの？」

「引っ越しの手伝いをしに来たのさ」

「引っ越しと言っても、使用人部屋から客室へ移動するだけよ？　荷物もそんなにないし」

「いやいや、お嬢さん。荷物はあたしに任せなさーい！」

困惑気味のロゼッタを押しのけ、ティナは部屋に入った。シーツの剥がされたベッドに大きな旅行用のトランクが置かれており、それ以外の荷物は見当たらない。仕事に几帳面《きちょうめん》なロゼッタらしく、すでに荷造りは済んでいるようだ。

ロゼッタの荷物が少なく思えるが、身一つでカルヴァード公爵家に来た時よりはかなり増えた。侍女の給料で買った物もあるが、ほとんどはアリシアが実家から持って来たものだ。

ティナはトランクを持つと、そのままロゼッタを連れて歩き出す。

「ティナ、お仕事は？　わたしの引っ越しを手伝う暇なんてないでしょ」

「見て分からない？　今、立派にやっているよ」

ロゼッタは今日、侍女たちが使う使用人部屋から客室へと移動する。本当はもっと早くに移動するはずだったけれど、客室の改装をしていたのと、ロゼッタが気乗りしないのとで少し時間がかかってしまった。

「わたしの引っ越しをサボりの口実にしない！」

「いやー、ロゼッタもあたしのことがよく分かってきたね。感心感心。でも、これはちゃーんと仕事だよ。旦那様の愛する婚約者様のお荷物を運ぶのは侍女の役目だから」

「に、偽婚約者よ」

ロゼッタは焦った様子で言った。

「うんうん。そういうことにしておこーう」

グラエムとの一件も片づいて、ロゼッタが偽婚約者を演じる意味はあまりない。だから、ロゼッタが偽婚約者と言っているのは、照れ隠しなのだろう。

（あー、もうお腹いっぱいだわー。独り身には刺激が強すぎるわー）

フェイから聞いた話によると、これからロゼッタには領地に関わる事務的な仕事を経験させ、さらに城内で貴族令嬢として待遇することで、上流階級の振る舞いを身につけさせて立派な淑女を作り上げる……という、アーネストの計画だそうだ。

「いいから、さっさと行くわよ！」

ロゼッタは照れた様子で足を速めた。

ぐんぐんと廊下を進んで行き、アーネストの部屋と近い、一番広い客室の前で立ち止まる。

今日からそこが自分の部屋になるというのに、ロゼッタは律儀にノックをして中に人がいるのか確かめた。そして誰もいないことが分かると、忍び込むようにそっと扉を開く。

「……えっと、前に掃除した時と全然部屋の雰囲気が違うのだけど」

「まあね。旦那様が早急に改修したから」

ロゼッタは部屋の中をぐるりと見渡し、目をぱちくりとさせた。

部屋の壁紙は暖かなアイボリー色で、それと合うように黄色やミントグリーンのテーブルやドレッサーなど、可愛らしい家具が置かれていた。部屋の端には最新式のキッチンが備え付けられ、その部分は大理石の床が敷かれている。

他に扉が三つあり、一つは寝室。二つ目はバスルーム。そして三つ目は衣装部屋だ。

「お姉様の部屋は特に変わりなかったけど……」

「旦那様にとって、ロゼッタは特別なんだよ」

結婚するまでの短い期間だけ使用する部屋なのに、ロゼッタ好みに一から十まで短期間で変えてしまうなんて、アーネストの溺愛ぶりは分かりやすい。

だが、そんなティナの考えを知らず、ロゼッタは神妙な顔でぽんっと手を叩いた。

「特別……あっ、そうか。偽者とはいえ、婚約者の部屋が他の客室と一緒だったら不審に思うわよね。さすがアーネスト。抜かりないわね」

「あれれ。おかしいな。この子、全然分かってないよー」

冗談っぽくティナは言ったが、ロゼッタは眉間に皺を寄せて考え込む。

……もしかして、ロゼッタはアーネストの好意に気が付いていない？　そんなまさか、とティナはぐるぐると思考しながら冷や汗をかく。

「違うの？　だったら……」

「だったら？」

ティナは嫌な予感がしながらも、ロゼッタの言葉をじっと待った。

「このキッチンを備え付けるついでに部屋全体を改修したのね。前の部屋だと、家具も壁紙も雰囲気が合わなかったもの。アーネストったら、そんなにお菓子が食べたいのね」

「あー、うん。まっ、そんな感じぃ！」

考えるのも面倒くさくなったティナは、適当に答えた。

そしてさっさと仕事を終わりにするためにロゼッタの鞄を開き、中の荷物を片付け始める。彼女もティナの意図を察し、衣服類をまとめた袋を持って続き部屋を開けた。

「きゃぁぁあああ！」

そして盛大な悲鳴を上げる。

「どうしたの、ロゼッタ！」

近くにティナとロゼッタ以外の人の気配はしなかった。ティナに感知されないような手練《てだ》れの賊が侵入したのかと思い、慌ててロゼッタに駆け寄る。

彼女は衣装部屋の入り口でペタンと座り込み、青白い顔で中を指差した。

「ティナ……どうしましょう、わたし……部屋を間違えてしまったわ！」

「間違えてるはずないよ」

部屋には窓がなく、人がいる様子もない。あるのはハンガーにかかった大量の服と帽子や靴、可愛らしい箱に入れられた宝飾品。そして曇りも歪みもない特注の大きな鏡。どう見ても、一般的な貴族の衣装部屋だ。

「でも、衣装部屋にこんなに服があるのよ？　わたしが買った物じゃないわ」

ロゼッタはこの衣類や宝飾品が他人のものだと思っているらしい。

ティナはフフンと小さく鼻を鳴らして、得意げに笑みを浮かべた。

「これぐらい用意するでしょ。まあ、急だったから既製品が多いね。大した金額じゃないよ」

アーネストにとっては、とティナは心の中で付け足した。

「公爵様ともなると、客室の用意も大変なのね。正直に言うと、わたしが侍女をやっていた頃にお客様が滞在していなくて良かったわ。お洋服の手入れが大変そう」

「ロゼッタのそういう庶民的なところ、あたしは好きだよー」

アーネストの婚約者になっても奢《おご》らず、謙虚さを忘れない。そして、使用人たちの仕事に理解がある。これは立派な女主人の資質だとティナは思っている。

ただ、無駄遣いしろとは言わないが、貧乏性なところは少し改善した方がいいかもしれない。

「褒められているのか、貴族らしくないと言われているのか」

「親しみやすさは大切でしょ。立派な長所。旦那様を見てみなよ。取っつきにくくて、苦労しまくりだよー」

せっかく顔が整っているのに、凶悪な目つきとぶっきらぼうな態度のおかげで、泣かした女は星の数より多いだの、悪政を敷いて領民を苦しめているだの、果ては王家を転覆させようとしているだのとアーネストは噂を立てられていた。

ロゼッタの親しみやすさの三分の一でもアーネストにあれば、そんな噂はすぐに消えていただろう。

「確かにそうね。でも、領民たちには慕われていたわ」

「長い時間関わってくれれば、旦那様の誠実さに気づくってこと。過剰に税金を搾取しないし、上下水道の管理や災害対策もしっかりとやるし、孤児の保護や雇用の確保にも気を遣っているし」

「本当にすごいわね、アーネストは」

「うん。旦那様は安い酒場のエールにも意外と合う高級スルメみたいな感じだよね！」

「……それは褒めているの？」

自慢げに言ったティナに、ロゼッタはジトッとした目を向ける。

「褒めているに決まっているじゃん」

「それ、外では絶対に言っちゃ駄目よ。また変な噂を流されるわ」

「えー、なんでー」

ティナが口を尖らせると、ロゼッタは小さく溜息を吐いて片付けに戻る。ティナも渋々それにならった。


そして荷物がほとんど片付いた頃、ティナはトランクの底に隠すように仕舞ってあった、派手なデザインの封筒を見つける。

「おおっ、このデザインは！　旦那様が初めてロゼッタに送った手紙じゃん」

「わたしではなく、姉のアリシアと両親に向けてね」

「でもー、ロゼッタがアリシアの代わりに家へ乗り込んでくるぐらい、情熱的な手紙だったんでしょー」

初めてロゼッタが来た日。フェイは、「アーネスト様の求婚状に熱烈な口説き文句が書いてあって良い人だと勘違いしたのか、アリシア嬢ではなく妹を釣ってしまった」「ただでさえ忙しいのに、強欲な貴族令嬢の相手をするのは嫌だ」と嘆いていた。

ティナはその話を聞いた時、女の子に逃げられてばかりだったアーネストの成長を感じ、単身カルヴァード公爵家に乗り込んできたロゼッタの度胸に好感を抱いていた。

「これを見た時、どんな気持ちだった？」

ワクワクした顔でティナが問いかけると、ロゼッタはギリギリと奥歯を噛みしめて顰めっ面を作る。

「カルヴァード公爵をぶん殴って馬車で引きずり回したいぐらい怒っていたわ」

「……え？　熱烈な求婚状だったんじゃないの？」

「ティナこそ何を言っているのよ。奴隷契約――じゃなくて、強制雇用の召喚状《しょうかんじょう》よ」

「いやいや、そんなはずは……中を見てもいい？」

「どうぞ」

訝しみながら、ティナはそっと封筒を開けて手紙を読んだ。

アリシア・レイン男爵令嬢へ

突然の手紙を失礼する。

早速だが、我が家は今人手不足だ。
そこで社交界にめっきり顔を出さなくなった、貴女の力を必要としている。

身一つで我が屋敷に来られよ。決して悪いようにはしない。
任せるのは屋敷を管理する仕事だ。

これは純然たる契約である。契約を果たすことができれば、身の安全は保証しよう。

明日、迎えを遣わす。良き返事を期待する。

アーネスト・カルヴァード

ティナは文章を読み終わってからたっぷり一分間沈黙すると、尊敬も忠誠心も抜け落ちた真顔で喉を震わせる。

「これはねーわ」

十歳の子どもが書いた拙《つたな》い恋文の方が絶対に上だ。これが王家打倒を企てていると噂されていた、社交界の恐怖の象徴であるカルヴァード公爵の書いた求婚状だなんて信じたくない。

ティナは頭痛のする額を押さえる。

「……ねえ、ロゼッタ。この間、旦那様と一緒に湖にデートしに行ったじゃん。あんまーい雰囲気とかにならなかったの？　キスの一回や二回や十回……しなかったの？」

ロゼッタが侍女を辞める時、アーネストに彼女を引き留めて婚約者にするために力を貸せと、ティナとフェイは言われた。

そして、アーネストはレイン領に向かいロゼッタの両親に正式な婚約の許可を取り、フェイはカルヴァード公爵家の仕事を一手に引き受け、ティナはロマンティックなデート計画を考えたのだ。

（……まさか、何もなかったなんてことはないよね？）

デート当日は湖を貸し切り状態にし、水面に浮かぶコスモスだって増量させた。幻想的な風景の中で、若い男女がふたりきり。しかも、婚約を申し込むという人生の中でも重大なイベントを経て、キスをしない恋人同士がいない訳がない。

何より、覗きに行きたい自分を必死に抑えつけて城で働いていたティナが報われない！

「そ、そんなことしていないわ！　偽婚約者として、雇用期間を延ばすという話だけだったもの」

ロゼッタは顔を真っ赤にさせて反論する。

ティナとアーネストは幼馴染みではあるが、異性であるため、あまり恋愛事の話はしない。彼はもう二十四歳になるし、ティナやフェイが側にいないことも多い。女性にとって結婚相手には怖いかもしれないが、遊び相手ぐらいには美形で権力のあるアーネストはちょうど良い。だから、恋愛の酸《す》いも甘いも噛み分けた淑女と恋愛をするぐらい、アーネストは経験していると思っていた。

（……偽婚約者って冗談じゃなかったんだ。あたしの渾身のデート計画を無駄にするとか、旦那様の恋愛経験値の低さに絶望したよ）

ティナはゲンナリとした態度を示す。

「……ええ、一周回って引くわー」

「どうして⁉」

「まあまあ、落ち着いて。ちょっと聞きたいんだけどさー。ロゼッタは旦那様のこと……好き？」

何がどうなって偽婚約者になったのか分からないが、ここはもう……ロゼッタに頑張ってもらうしかない。

ティナは、ロゼッタのアーネストへの好感度を計るために問いかけた。

「す、好きってどの好き⁉」

「そんなの爛《ただ》れた恋愛的な意味で好きに決まってるでしょ！」

「た、爛れた恋愛⁉」

「えー、じゃあ別に面白くもない甘酸っぱい初恋も可」

「面白くもないって……」

「ほら、あたしってスパイシーなものが大好きじゃん？　だからつい、刺激的でいじり甲斐のある話を求めてしまうっていうか……」

「……壊滅的なセンスは料理だけにしてよ」

ロゼッタは死んだ魚のように生気のない目でじっとりとティナを見つめた。

このままでは話が脱線してしまう。ティナはロゼッタから視線を逸らし、慌てて話を戻す。

「あたしのことなんてどうでもいいんだよ。ほら、ロゼッタ！　旦那様のことはどう思っているの？」

「尊敬しているわ」

「でたー！　付き合っているか、しつこく聞くうざい同僚をはぐらかす常套句《じょうとうく》！」

「分かっているのなら遠慮しなさいよ」

「人生は一度きり！　遠慮する暇があるなら、あたしは挑戦し続ける！」

ティナは胸を反らして堂々と言った。

「言っておくけど、全然格好良くないわよ」

ロゼッタは深く溜息を吐き、窓越しに城下町を見下ろした。その表情は憂いを帯びている。

「……アーネストのことは尊敬しているし、感謝もしているわ。出会いは最悪だったけれど、カルヴァード公爵家で働くことができたから、お姉様の薬も買えた訳だし。でも恋愛的な意味で好きにはならない」

「なんで？　旦那様を見ていれば一発で分かるのに」

「ええ、アーネストが過剰な権力を握る意志がないことを示すため、わたしを偽婚約者にしたのは分かっているわ。でもそれは仮初めのもの。いずれ田舎貴族のわたしじゃなくて、もっと素敵な淑女と婚約するわ。それなのに好きになったらおかしいでしょう」

……全然分かっていない。ティナが一発で分かるのにと言ったのは、アーネストがロゼッタを好きなのは一目瞭然《いちもくりょうぜん》だろうということだ。

「ロゼッタって、確か十七歳だよね？」

「ええ。もうすぐ十八歳になるけど……？」

「結婚適齢期に入ったところだよね。そして、旦那様は二十四歳……やっぱり引くわー」

「だからどうして!?」

アーネストもロゼッタも、年の割に恋愛経験値が低すぎる。アーネストがヘタレなのか、ロゼッタが鈍いのか……いや、両方だろう。

カルヴァード公爵家も落ち着いてきたし、ティナはそろそろアーネストとロゼッタの関係をいじくり倒そうと思っていた。だが、もうしばらく先になりそうだ。

「こりゃ難題だなぁ。遊んでいる場合じゃないかも」

「……もう、なんでもいいわ」

ひとり納得してうんうんと頷くティナを無視して、ロゼッタは片付けを再開する。

元々荷物が少なかったせいもあるが、片付けはいくらもかからずに終わった。

ティナは満足げに綺麗になった部屋を見渡すと、ロゼッタの腕をガッチリと掴む。

「よしっ、片付けも終わったし。お化粧しようか、ロゼッタ！」

「なんの脈絡もないわね」

「だって、こーんなに最新の化粧品が揃っているんだよ。試したいに決まっているじゃん！」

この部屋のドレッサーには最新の化粧品だけではなく、二十種類以上のヘアオイル、最高品質のスキンケア商品などが置かれている。平民の侍女では一生かけてもこれらの商品を揃えることはできないだろう。

だからせめて、ロゼッタに使ってみたいとティナは思った。

「でも、もったいなくない？」

「使わなくて腐らせるよりマシでしょ。いっぱい商品を買って使ってこそ、経済は回るんだよ」

「そうよね。それが貴族の役割でもあるわ。お客様用だし、高すぎる……ものではないのよね？」

ここにある化粧品類の価値が分からないのか、ロゼッタが不安げにティナを見た。

「うん。痛くない出費だよー」

旦那様にとっては、とティナは心の中で付け足した。

そしてロゼッタの気が変わらないうちに、彼女をドレッサーの前に座らせる。

「あと、ついでに服も替えちゃおー。片付けが終わった頃に旦那様が様子を見に行くってフェイも言っていたし、より綺麗になって驚かせるよ！」

　グッと拳を握って明るくティナは言うが、ロゼッタは静かに顔を俯かせた。

「もしかして気乗りしない？」

「う、ううん。違うのよ。その、ティナにお願いがあって……」

「お願い？」

　ティナがそう言うと、ロゼッタは勢いよく顔を上げた。

「流行の服を選ぶのもだけど、お化粧も教えてほしいの」

　彼女の勢いにティナが驚いていると、ロゼッタはあたふたしながら目を泳がせる。

「あ、その……別に深い意味はなくて！　もう、わたしも大人だし、これぐらい覚えておいた方がいいかなと思って」

「まあ、貴族令嬢でも化粧直しとかは自分ですることもあるし。コーディネートの知識がある方が何かと役立つことも多いし、覚えていて損はないね」

　これからロゼッタが社交に出ることになれば、美容知識は話の種になるし、センスを磨けば流行を作ることになるかもしれない。

　ティナにとっても、最新の化粧品や流行に触れられるし、楽しいことだらけだ。

「ティナ、ありがとう」

「まあ、いいってことよ。ただし、あたしの指導は厳しいぞー」

　上機嫌でそう言うと、ティナは衣装部屋から急いで菫色のワンピースを取ってきた。

そしてロゼッタに無理やり着せると、彼女のチェリーレッドの髪を化粧の邪魔にならないようにゆるくまとめる。さらに白粉や口紅、アイシャドウなどを取り出し、一つ一つロゼッタに説明しながら実際に化粧をしてもらう。

おっかなびっくりな手つきだったが、ロゼッタは手先が器用なようで大きな失敗もせずに化粧を施すことができた。鏡に映るロゼッタは初々しく、可愛らしい印象に仕上がっている。

「初めてにしては、なかなかの腕前だね」

「ティナの指導がいいからよ」

「ロゼッタがお菓子を作ってくれるなら、仕事中でも駆けつけてあげるよ！」

「そこは仕事を優先させましょうよ」

「ええー」

ティナは不満げに口を尖らせながらロゼッタの柔らかな髪を解き、丁寧にブラシをかける。そして髪を結び直したところで、部屋にノック音が響いた。

扉が開かれ、ラッピングされた箱を持ったアーネストが現れる。

「失礼する。片付けは終わったか、ロゼッタ」

「終わったわよ」

ロゼッタは立ち上がり、アーネストに微笑んだ。

ティナはそっと彼女の後ろに隠れて、『あたしの渾身のデート計画を潰しやがって！』と心の中で恨みがましく呟きながらアーネストを険しい表情で見つめた。

「な、なんだ、ティナ。そんなに私を睨んで……」

「なぁんでもぉありませぇーん！」

ティナはぶりっこ口調で誤魔化した。

「……薄気味悪い。鳥肌が立ったぞ」

眉間に皺を寄せ、自分の腕を摩《さす》るアーネストを見て、ティナは苛ついた。踊るように軽やかなステップを踏んで彼に近づくと、小さな声で囁く。

「もぉー、好きな女の子にキスの一発もかませないヘタレが何を言っているんですかぁ。ティナ、困っちゃう」

「ひぃっ」

アーネストはティナを見て顔を強ばらせるが、ロゼッタが見ていることを思い出してすぐにいつもの仏頂面に戻る。

「私はヘタレなんかじゃない。見ていろ」

アーネストはわざとらしく咳払いをすると、ロゼッタの前に立った。

「ロゼッタ。その服、似合っているぞ。とても可愛らしい」

「あ、ありがとう」

「……三点。言葉が足りない」

ティナはアーネストにしか聞こえない声量でこっそりと呟く。すると彼は肩をビクリと震わせ、またわざとらしく咳払いをする。

「今日はプレゼントがある」

「もしかして、引っ越し祝い？」

「そ、そんなものだ」

素っ気なく言うと、アーネストは手に持っていたプレゼントをテーブルに置いた。

（いや、違うだろ。もう、君が好きだからプレゼントを使ってでも気を引きたいって、素直に言っちゃえよー）

そんなティナの心の声など露知らず、アーネストは緊張した面持ちでラッピングのリボンを解く。箱の中にあったのは、可愛らしい籠に生けられた色とりどりの花だった。

「これってエディブルフラワー⁉」

「そうだ。君が欲しがっているとフェイに聞いてな」

「とっても嬉しい！」

喜ぶロゼッタを見て、アーネストの表情が僅かに緩んだ。

贈り物に花はベタだが、花言葉などを利用して自分の気持ちを表現するには持ってこいのプレゼントだ。

ティナは籠の中の花を一通り確認し、その統一感のなさに疑問が浮かぶ。

「エディブルフラワーって何？　あたしには薔薇とか、ラベンダーとか、普通の花にしか見えないんだけど」

「エディブルフラワーは、食用に作られた花のことよ」

「……色気より食い気か」

思わず半目でティナはアーネストとロゼッタを交互に見る。

「贈り物は相手が喜ぶものが基本だろう⁉」

「そうよ。新鮮なものは都会だと珍しいの。エディブルフラワーはゼリーで固めたり、サラダに添えたり、乾燥させてお菓子に混ぜたり、いっぱい活用できるんだから！」

「あー、はいはい。そうですねー」

ティナは適当にそう言うと、二人から離れてドレッサーの上に出していた化粧品を仕舞う。

（この様子じゃ、ヘタレ旦那様が鈍感小悪魔ロゼッタを振り向かせるのは、時間がかかりそうだなぁ。早くいじりたいのに）

不満げなティナだったが、離れたところからロゼッタの表情を見て、目を大きく見開いた。

「……ありがとう、アーネスト」

「別に、雇用主として当然のことをしたまでだ」

ロゼッタは顔を赤らめ、潤んだ瞳でアーネストに話しかけている。本人に自覚があるのかは分からないが、その表情は恋する乙女そのものだ。あれを見れば、ロゼッタがアーネストを好きなことは一発で分かる。

（……それなのに、旦那様ときたら……）

アーネストは気恥ずかしいのか、先ほどからずっとロゼッタの顔を見ないようにしている。もったいない……非常にもったいない！

ふと、ティナはドレッサーの鏡を見る。

「お化粧を覚えたいのも、流行を知りたいのも、全部好きな人の隣に立ちたいからってことか。そんな気持ちが尊敬だけだなんて、自分に嘘を吐くのも下手だね」

小さく呟くと、ティナはスキップをしながら扉へと向かう。

「お邪魔虫は退散しまーす！」

元気よく叫ぶと、ティナはぐふふと下世話な笑みを浮かべて部屋を出て行った。

部屋からはティナの名を叫ぶふたりの声が聞こえるが、あえてそれは無視する。

「鈍いロゼッタを振り向かせるのは、あともう少しだよ。頑張れ、旦那様！　そして、あたしとフェイに遊ばれて！」

良いことをしたと弾んだ気持ちでその日は仕事を終えた。

しかし次の日。まったく距離の縮んでいないロゼッタとアーネストに、ティナは再びやきもきするのであった。

庶民派令嬢ですが、公爵様にご指名されました

庶民派令嬢ですが、公爵様にご指名されました

＊本作は「小説家になろう」公式 WEB 雑誌『N-Star』（https://syosetu.com/license/n-star/）に掲載されていた作品を、大幅に加筆修正したものとなります。
＊この作品はフィクションです。実在の人物・団体・事件・地名・名称等とは一切関係ありません。

2018年10月20日　第一刷発行

著者 …………………………… 橘 千秋
©TACHIBANA CHIAKI 2018
イラスト …………………………… 野口芽衣
発行者 …………………………… 辻 政英
発行所 …………… 株式会社フロンティアワークス
〒170-0013　東京都豊島区東池袋 3-22-17
東池袋セントラルプレイス 5F
営業　TEL 03-5957-1030　FAX 03-5957-1533
アリアンローズ編集部公式サイト　http://arianrose.jp
編集 …………………………… 原 宏美
装丁デザイン …………………… ウエダデザイン室
印刷所 …………………… シナノ書籍印刷株式会社